Sin noticias de Gurb

Seix Barral Biblioteca Eduardo Mendoza

Eduardo Mendoza
Sin noticias de Gurb

Diseño original de la colección:
Josep Bagà Associats

Cubierta: montaje de la revista
«L'Esquella de la Torratxa»
y del cartel «Vegetal Azgar»

Primera edición en Editorial
Seix Barral: marzo 1991
21.ª impresión en
Biblioteca Eduardo Mendoza:
enero 2006

www.eduardo-mendoza.com

Derechos exclusivos de edición
en castellano reservados para
España y América Latina:
© EDITORIAL SEIX BARRAL, S. A., 1991, 2006
Avda. Diagonal, 662-664 - 08034 Barcelona
www.seix-barral.es

ISBN: 84-322-0782-9
Depósito legal: B. 2.087 - 2006
Impreso en España

2006. – Talleres Hurope, S. L.
Lima, 3 bis - 08030 Barcelona

NOTA DEL AUTOR

Aunque tiene muchos elementos en común con *El misterio de la cripta embrujada* y con su continuación, *El laberinto de las aceitunas*, ambos publicados con anterioridad, *Sin noticias de Gurb* es sin duda el libro más excéntrico de cuantos he escrito, probablemente porque no es en rigor un libro, o no nació con voluntad de serlo. Mi amigo Xavier Vidal-Folch, entonces director en Cataluña del diario *El País*, solía proponerme una o dos veces al año que le escribiera algo para su periódico, a lo que yo sistemáticamente me negaba, porque siempre he sentido un miedo cerval ante el elemento más característico del periodismo: el inapelable plazo de entrega. Escribo con mucha lentitud y me ha sucedido más de una vez acabar un libro y volverlo a empezar desde la primera frase porque no me gustaba el resultado, con el retraso fácilmente imaginable. Es éste un privilegio al que siempre me he propuesto no renunciar, pero al que he renunciado en más de una ocasión, sin que pueda justificar qué me impulsó a hacerlo; tal vez un insensato afán de ponerme a prueba. Y siempre que he obrado así, en contra de mi propio parecer, las consecuencias han sido peores de lo que yo había temido. Sea como sea, en una ocasión como tantas otras, la incitación de Vidal-Folch me encontró mejor predispuesto, o quizá sin nada entre manos, y le prometí, como mínimo, pensar en el asunto.

Muchos años antes, en Nueva York, durante uno de esos largos períodos de sequía literaria que experimentamos todos los escritores, había empezado a escribir una historia de ciencia ficción en tono humorístico, sin propósito alguno, más por la necesidad de emborronar papel que por otra razón. No soy aficionado al género de la ciencia ficción; a decir verdad, lo detesto. En cambio me gustan las películas de ciencia ficción (aunque suelen acabar, como las propias novelas, incurriendo en el esoterismo, el milenarismo y otras variantes de la frivolidad) y cuando me puse a escribir aquella fábula acababa de ver una cuyo argumento no había entendido, pero cuyas imágenes me habían producido una gran satisfacción. Supongo que fueron estas imágenes las que me impulsaron a imaginar aquella historieta, cuyo argumento, por lo demás muy poco original, estaba más emparentado con las fábulas morales del siglo XVIII (por ejemplo con los viajes de Gulliver) que con las auténticas novelas de ciencia ficción: un viajero espacial, a su regreso a la Tierra, refería a sus amigos las cosas raras que había visto en el curso de sus viajes, ante el estupor de aquéllos, que durante la ausencia del viajero habían seguido desempeñando unos trabajos rutinarios y llevando una vida de lo más monótona y convencional. El impulso se agotó pronto y el relato quedó interrumpido en la página veinte, o poco más, que es, según tengo experimentado, donde quedan interrumpidos casi todos los relatos, para desmoralización de quien los había emprendido rebosante de entusiasmo. Ahora, comprometido a escribir una historia que pudiera fraccionarse en entregas y que tuviera una estructura lo suficientemente maleable, desempolvé aquella antigua fábula y le di la vuelta.

Barcelona se encontraba entonces en una situación insólita: la inminencia de los Juegos Olímpicos había puesto la ciudad patas arriba, pero el talante de los ciudadanos, pese a todos los inconvenientes, era jovial y expectante. Y como siempre que algo altera la monotonía, la picaresca asomaba el hocico por todos los rincones.

Acotado el escenario, decidido el personaje (una vez más, sin nombre) y trazado el embrión de una leve peripecia (buscar a su compañero, Gurb), di con una técnica narrativa que me había de facilitar enormemente la tarea: la división del tiempo narrativo en fracciones mínimas. A partir de ahí no tuve más que ir aprovechando lo que el azar me ponía delante de los ojos: una churrería próxima a mi casa me sugirió la desmedida afición del extraterrestre por los churros; las noticias que iban apareciendo en la prensa diaria, otras tantas situaciones o comentarios.

De este modo cumplí mi compromiso, pero no sin sufrimiento: acabé escribiendo contrarreloj y las últimas entregas las fui enviando al periódico de hoja en hoja. Al final me sentí muy orgulloso de haber salido con bien del trance, pero apesadumbrado por haber tenido que escribir sin reflexión y que publicar sin revisión. Más tarde, cuando el relato apareció en forma de libro, introduje algunos cambios, muy pocos. La verdad es que cuando me propusieron reagrupar los distintos fragmentos del relato y publicarlo en forma de libro no mostré el menor interés. Desde el punto de vista personal, consideraba terminada la aventura, como me sucede siempre que acabo un libro, y desde el punto de vista comercial, no creía que nadie fuera a comprar un relato que había salido pocos meses antes en un periódico de gran tirada y que, por otra parte, trataba de cosas muy específicas de la vida local en un momento muy singular, irrepetible e intransferible. Naturalmente, me equivoqué: *Sin noticias de Gurb* es quizá el libro mío que más se ha vendido. También ha sido traducido a otros idiomas, cosa aún más sorprendente,

Visto ahora, después de transcurridos unos años desde su aparición, la razón del éxito es fácil de explicar, al menos en parte: es un libro breve y sumamente fácil de leer. Dudo que exista en toda la historia de la literatura reciente un libro más fácil de leer, por la sencilla razón de que está escrito en un lenguaje coloquial, su contenido es ligero y las partes que lo integran tienen una extensión de muy pocos renglones. También es un libro alegre, como lo fueron las circunstancias en que fue escrito: una primavera llena de promesas. A diferencia de lo que ocurre con los otros relatos de humor que he publicado (*El misterio de la cripta embrujada* y *El laberinto de las aceitunas*, a los que me he referido antes) en éste no hay una sola sombra de melancolía. Es una mirada sobre el mundo asombrada, un punto desamparada, pero sin asomo de tragedia ni de censura. A esto contribuyó el hecho de haberlo escrito pensando que tendría una vida efímera, que se iría esfumando de día en día, y de que por lo tanto no había de tener más entidad que una charla entre amigotes.

EDUARDO MENDOZA

Barcelona, febrero de 1999

SIN NOTICIAS DE GURB

DÍA 9

0.01 (hora local)   Aterrizaje efectuado sin dificultad. Propulsión convencional (ampliada). Velocidad de aterrizaje: 6.30 de la escala convencional (restringida). Velocidad en el momento del amaraje: 4 de la escala Bajo-U1 o 9 de la escala Molina-Calvo. Cubicaje: AZ-0.3.

Lugar de aterrizaje: 63Ω (IIβ) 2847639478363947 3937492749.

Denominación local del lugar de aterrizaje: Sardanyola.

07.00   Cumpliendo órdenes (mías) Gurb se prepara para tomar contacto con las formas de vida (reales y potenciales) de la zona. Como viajamos bajo forma acorpórea (inteligencia pura-factor analítico 4800), dispongo que adopte cuerpo análogo al de los habitantes de la zona. Objetivo: no llamar la atención de la fauna autóctona (real y potencial). Consultado el Catálogo Astral Terrestre Indicativo de Formas Asimilables (CATIFA) elijo para Gurb la apariencia del ser humano denominado Marta Sánchez.

07.15   Gurb abandona la nave por escotilla 4. Tiempo

13

despejado con ligeros vientos de componente sur; temperatura, 15 grados centígrados; humedad relativa, 56 por ciento; estado de la mar, llana.

07.21   Primer contacto con habitante de la zona. Datos recibidos de Gurb: Tamaño del ente individualizado, 170 centímetros; perímetro craneal, 57 centímetros; número de ojos, dos; longitud del rabo, 0.00 centímetros (carece de él). El ente se comunica mediante un lenguaje de gran simplicidad estructural, pero de muy compleja sonorización, pues debe articularse *mediante el uso de órganos internos*. Conceptualización escasísima. Denominación del ente, Lluc Puig i Roig (probable recepción defectuosa o incompleta). Función biológica del ente: profesor encargado de cátedra (dedicación exclusiva) en la Universidad Autónoma de Bellaterra. Nivel de mansedumbre, bajo. Dispone de medio de transporte de gran simplicidad estructural, pero de muy complicado manejo denominado Ford Fiesta.

07.23   Gurb es invitado por el ente a subir a su medio de transporte. Pide instrucciones. Le ordeno que acepte el ofrecimiento. Objetivo fundamental: no llamar la atención de la fauna autóctona (real y potencial).

07.23   Sin noticias de Gurb.

08.00   Sin noticias de Gurb.

09.00   Sin noticias de Gurb.

12.30   Sin noticias de Gurb.

20.30   Sin noticias de Gurb.

DÍA 10

07.00   Decido salir en busca de Gurb.

Antes de salir oculto la nave para evitar reconocimiento e inspección de la misma por parte de la fauna autóctona. Consultado el Catálogo Astral, decido transformar la nave en cuerpo terrestre denominado vivienda unifamiliar adosada, calef. 3 dorm. 2 bñs. Terraza. Piscina comunit. 2 plzs. pkng. Máximas facilidades.

07.30   Decido adoptar apariencia de ente humano individualizado. Consultado Catálogo, elijo el conde-duque de Olivares.

07.45   En lugar de abandonar la nave por la escotilla (ahora transformada en puerta de cuarterones de gran simplicidad estructural, pero de muy difícil manejo), opto por naturalizarme allí donde la concentración de entes individualizados es más densa, con objeto de no llamar la atención.

08.00   Me naturalizo en lugar denominado Diagonal-Paseo de Gracia. Soy arrollado por autobús número 17 Barceloneta-Vall d'Hebron. Debo recuperar la cabeza, que ha salido rodando de resultas de la colisión. Operación dificultosa por la afluencia de vehículos.

08.01   Arrollado por un Opel Corsa.

08.02   Arrollado por una furgoneta de reparto.

08.03   Arrollado por un taxi.

08.04   Recupero la cabeza y la lavo en una fuente pública situada a pocos metros del lugar de la colisión. Aprovecho la oportunidad para analizar la composición del agua de la zona: hidrógeno, oxígeno y caca.

08.15   Debido a la alta densidad de entes individualizados, tal vez resulte algo difícil localizar a Gurb *a simple vista*, pero me resisto a establecer contacto sensorial, porque ignoro las consecuencias que ello podría tener para el equilibrio ecológico de la zona y, en consecuencia, para sus habitantes.

Los seres humanos son cosas de tamaño variable. Los más pequeños de entre ellos lo son tanto, que si otros seres humanos más altos no los llevaran en un cochecito, no tardarían en ser pisados (y tal vez perderían la cabeza) por los de mayor estatura. Los más altos raramente sobrepasan los 200 centímetros de longitud. Un dato sorprendente es que cuando yacen estirados *continúan midiendo exactamente lo mismo*. Algunos llevan bigote; otros barba y bigote. Casi todos tienen dos ojos, que pueden estar situados en la parte anterior o posterior de la cara, según se les mire. Al andar se desplazan de atrás a delante, para lo cual deben contrarrestar el movimiento de las piernas con un *vigoroso braceo*. Los más apremiados refuerzan el braceo por mediación de carteras de piel o plástico o de unos maletines denominados Samsonite, hechos de un material procedente de otro planeta. El sistema de desplazamiento de los automóviles (cuatro ruedas pareadas rellenas de aire fétido) es más racional, y permite alcanzar mayores velocidades. No debo volar ni andar sobre la coronilla si no quiero ser tenido por excéntrico. Nota: mantener siempre en contacto con el suelo un pie —cualquiera de los dos sirve— o el órgano externo denominado culo.

11.00   Llevo casi tres horas esperando ver pasar a Gurb. Espera inútil. El flujo de seres humanos en este punto de la ciudad no decrece. Antes al contrario. Calculo que las probabilidades de que Gurb pase por aquí sin que yo lo vea son del orden de setenta y tres contra una. A este cálculo, sin embargo, hay que añadir dos variables: *a*) que Gurb *no* pase por aquí, *b*) que Gurb pase por aquí, pero *habiendo modificado su apariencia externa*. En este caso, las probabilidades de no ser visto por mí alcanzarían los nueve trillones contra una.

12.00   La hora del ángelus. Me recojo unos instantes, confiando en que Gurb no vaya a pasar precisamente ahora por delante de mí.

13.00   La posición erecta a que llevo sometido el cuerpo desde hace cinco horas empieza a resultarme fatigosa. Al entumecimiento muscular se une el esfuerzo continuo que debo hacer para inspirar y espirar el aire. Una vez que he olvidado hacerlo por más de cinco minutos, la cara se me ha puesto de color morado y los ojos me han salido disparados de las órbitas, debiendo ir a recogerlos nuevamente bajo las ruedas de los coches. A este paso, acabaré por llamar la atención. Parece ser que los seres humanos inspiran y espiran el aire de un modo automático, que ellos llaman *respirar*. Este automatismo, que repugna a cualquier ser civilizado y que consigno aquí por razones puramente científicas, lo aplican los humanos no sólo a la respiración, sino a muchas funciones corporales, como la circulación de la sangre, la digestión, el parpadeo —que, a diferencia de las dos funciones antes citadas, puede ser controlado a voluntad, en cuyo caso se llama *guiño*—, el crecimiento de las uñas, etcétera. Hasta tal punto dependen los humanos del funcionamiento automático de sus órganos (y organismos), que se harían encima cosas feas si de niños no se les enseñara a subordinar la naturaleza al decoro.

14.00   He llegado al límite de mi resistencia física. Descanso apoyando ambas rodillas en el suelo y doblando la pierna izquierda hacia atrás y la pierna derecha hacia delante. Al verme en esta postura, una señora me da una moneda de pesetas veinticinco, que ingiero de inmediato para no parecer descortés. Temperatura, 20 grados centígrados; humedad relativa, 64 por ciento; vientos flojos de componente sur; estado de la mar, llana.

14.30   La densidad del tráfico rodado y andado disminuye ligeramente. Todavía sin noticias de Gurb. Aun a riesgo de alterar el precario equilibrio ecológico del planeta, decido establecer contacto sensorial. Aprovechando que no pasa ningún autobús, pongo la mente en blanco y emito ondas en frecuencia H76420ba1400009, que voy elevando hasta H76420ba1400010.

Al segundo intento recibo una señal débil al principio, más clara luego. Descodifico la señal, que parece provenir de dos puntos distintos, aunque muy próximos entre sí respecto del eje de la Tierra. Texto de la señal (descodificado):

¿Desde dónde nos llama, señora Cargols?

Desde Sant Joan Despí.

¿Desde dónde dice?

Desde Sant Joan Despí. Desde Sant Joan Despí. ¿Que no me oye?

Parece que tenemos un pequeño problema de recepción aquí en la emisora, señora Cargols. ¿Nos oye usted bien?

¿Cómo dice?

Digo que si nos oye bien. ¿Señora Cargols?

Diga, diga. Yo le escucho muy bien.

¿Me oye, señora Cargols?

Muy bien. Yo muy bien.

¿Y desde dónde nos llama, señora Cargols?

Desde Sant Joan Despí.

Desde Sant Joan Despí. ¿Y nos oye bien desde Sant Joan Despí, señora Cargols?

Yo le escucho muy bien. Y usted, ¿que me escucha?

Yo muy bien, señora Cargols. ¿Desde dónde nos llama?

Me temo que va a ser más difícil de lo que yo suponía localizar a Gurb.

15.00   Decido recorrer sistemáticamente la ciudad en lugar de permanecer en un sitio fijo. Con ello disminuyo las probabilidades de no encontrar a Gurb en un trillón, pese a lo cual, el resultado sigue siendo incierto. Camino siguiendo el plano heliográfico ideal que he incorporado a mis circuitos internos al salir de la nave. Me caigo en una zanja abierta por la Compañía Catalana de gas.

15.02   Me caigo en una zanja abierta por la Compañía Hidroeléctrica de Cataluña.

15.03   Me caigo en una zanja abierta por la Compañía de Aguas de Barcelona.

15.04   Me caigo en una zanja abierta por la Compañía Telefónica Nacional.

15.05   Me caigo en una zanja abierta por la asociación de vecinos de la calle Córcega.

15.06   Decido prescindir del plano heliográfico ideal y caminar mirando dónde piso.

19.00   Llevo cuatro horas caminando. No sé dónde estoy y las piernas no me sostienen. La ciudad es enorme; el gentío, constante; el ruido, mucho. Me extraña no encontrar los monumentos habituales, como el Cenotafio de la Beata Madre Pilar, que podrían servirme de referencia. He parado a un peatón que parecía poseer un nivel de mansedumbre alto y le he preguntado dónde podría encontrar a una persona extraviada. Me ha preguntado qué edad tenía esa persona. Al contestarle que seis mil quinientos trece años, me ha sugerido que la buscara en El Corte Inglés. Lo peor es tener que respirar este aire inficionado de partículas suculentas. Es sabido que en algunas zonas urbanas la densidad del aire es tal, que sus habitantes lo introducen en fundas y lo exportan bajo la denominación de *morcillas*.

Tengo los ojos irritados, la nariz obstruida, la boca seca. ¡Cuánto mejor se está en Sardanyola!

20.30   Con la puesta del sol las condiciones atmosféricas habrían mejorado bastante si a los seres humanos no se les hubiera ocurrido encender las farolas. Parece ser que ellos las necesitan para poder seguir en la calle, porque los seres humanos, no obstante ser la mayoría de fisonomía ruda y hasta abiertamente fea, no pueden vivir sin verse los unos a los otros. También los coches han encendido sus faros y se agreden con ellos. Temperatura, 17 grados centígrados; humedad relativa, 62 por ciento; vientos flojos del sudoeste; estado de la mar, rizada.

21.30   Basta. No puedo dar un paso más. Mi deterioro físico es considerable. Se me ha caído un brazo, una pierna y las dos orejas y la lengua me cuelgan tanto que he tenido que atarla al cinturón, porque ya me llevo comidas cuatro plastas de perro y un número indeterminado de colillas. En estas condiciones, es mejor aplazar hasta mañana las pesquisas. Me escondo debajo de un camión aparcado, me desintegro y me naturalizo en la nave.

21.45   Recargo energético.

21.50   Me pongo el pijama. La ausencia de Gurb pesa en mi ánimo. Después de pasar juntos todas las veladas desde hace ochocientos años, no sé cómo matar las horas que preceden al sueño. Podría ver la televisión local o leer una entrega de las aventuras de Lolita Galaxia, pero no tengo ganas. No me explico la ausencia de Gurb, y menos aún su silencio. Nunca he sido un jefe intransigente. Siempre he dejado a la tripulación, es decir, a Gurb, plena libertad para entrar y salir a su antojo (en horas de permiso), pero si no va a venir o sabe que va a llegar tarde, lo menos que podía hacer, por consideración, era avisar.

DÍA 11

08.00   Todavía sin noticias de Gurb. Intento de nuevo establecer contacto sensorial. Percibo la voz colérica de un individuo que en nombre de los ciudadanos *de a pie*, cuya representación ostenta, exige plena responsabilidad a un tal Guerra. Renuncio al contacto sensorial.

08.30   Abandono la nave y convertido en somormujo echo un vistazo a la región desde el aire.

09.30   Doy por concluida la operación y regreso a la nave. Si las ciudades son tortuosas e irracionales en su concepción, del campo que las rodea es mejor no hablar. Allí nada es regular ni llano, sino al contrario, como hecho adrede para obstaculizar su uso. El trazado de la costa, a vista de pájaro, se diría la obra de un demente.

09.45   Después de un examen detenido del plano de la ciudad (versión cartográfica de doble eje elíptico), decido proseguir la búsqueda de Gurb en una zona periférica de la misma habitada por una variante humana denominada *pobres*. Como el Catálogo Astral les atribuye un índice de mansedumbre algo inferior al de la variante denominada *ricos* y muy inferior al de la variante denominada *clase media*, opto por la apariencia del ente individualizado denominado Gary Cooper.

10.00   Me naturalizo en una calle aparentemente desierta del barrio de San Cosme. Dudo que Gurb haya venido a instalarse aquí por propia voluntad, aunque nunca ha brillado por sus luces.

10.01   Un grupo de mozalbetes provistos de navajas me quitan la cartera.

10.02   Un grupo de mozalbetes provistos de navajas me quitan las pistolas y la estrella de sheriff.

10.03   Un grupo de mozalbetes provistos de navajas me quitan el chaleco, la camisa y los pantalones.

10.04   Un grupo de mozalbetes provistos de navajas me quitan las botas, las espuelas y la armónica.

10.10   Un coche-patrulla de la policía nacional se detiene a mi lado. Desciende un miembro de la policía nacional, me informa de los derechos constitucionales que me asisten, me pone las esposas y me mete en el coche-patrulla de un capón. Temperatura, 21 grados centígrados; humedad relativa, 75 por ciento; viento racheado de componente sur; estado de la mar, marejadilla.

10.30   Ingreso en el calabozo de una comisaría. En el mismo calabozo hay un individuo de porte astroso al que me presento y pongo al corriente de las vicisitudes que han dado conmigo en aquel lugar inicuo.

10.45   Disipada la desconfianza inicial que los seres humanos sienten por todos sus congéneres sin excepción, el individuo con quien la suerte me ha unido decide entablar diálogo conmigo. Me entrega su tarjeta de visita que dice así:

JETULIO PENCAS
Agente mendicante
Se echa el tarot, se toca el violín, se da pena
Servicio callejero y a domicilio

10.50   Mi nuevo amigo me cuenta que lo han *trincado* por error, porque él en su vida ha abierto un coche para llevarse nada, que pidiendo se gana la vida muy bien y muy honradamente, y que los polvos que la policía le decomisó no son lo que dicen ellos que son, sino las cenizas de su difunto padre, que Dios tenga en su gloria, que precisamente ese día se proponía aventar sobre la ciudad desde el Mirador del Alcalde. A continuación añade que todo lo que acaba de contarme, sobre ser mentira, no le servirá de nada, porque la justicia en este país está podrida, por lo cual, sin pruebas ni testigos, sólo por la pinta que tenemos los dos, a buen seguro nos mandan al *talego*, de donde saldremos ambos con sida y con pulgas. Le digo que no entiendo nada y me responde que no hay nada que entender, me llama macho y añade que la vida es *así* y que la madre de un cordero es que la riqueza en este país está muy mal repartida. A modo de ejemplo cita el caso de un individuo, cuyo nombre no retengo, que se ha hecho un chalet con veintidós retretes, y agrega que ojalá le sobrevengan cagarrinas a dicho sujeto y los encuentre todos ocupados. A continuación se sube encima de un catre y proclama que cuando vengan los suyos (¿sus retretes?) obligará al citado individuo a hacer sus deposiciones en el gallinero y repartirá los veintidós retretes entre otras tantas familias acogidas al subsidio de paro. De este modo, sigue diciendo, tendrán con qué entretenerse hasta que les den un puesto de trabajo, como prometieron hacer. A continuación se cae del catre y se abre la cabeza.

11.30   Un miembro de la policía nacional distinto del miembro antes citado abre la puerta del calabozo y nos ordena seguirle con el objeto aparente de comparecer ante el señor comisario. Amedrentado por las admoniciones de mi nuevo amigo, decido adoptar una apariencia más respetable y me transformo en don José Ortega y Gasset. Por solidaridad transformo a mi nuevo amigo en don Miguel de Unamuno.

11.35   Comparecemos ante el señor comisario, el cual nos examina de arriba abajo, se rasca la cabeza, declara no querer complicarse la vida y ordena que nos pongan en la calle.

11.40   Mi nuevo amigo y yo nos despedimos a la puerta de la comisaría. Antes de separarnos, mi nuevo amigo me ruega le devuelva su apariencia original, porque con esta pinta no le va a dar limosna ni Dios, aunque se ponga unas pústulas adhesivas que le dan un aspecto realmente estomagante. Hago lo que me pide y se va.

11.45   Reanudo mis pesquisas.

14.30   Todavía sin noticias de Gurb. A imitación de las personas que me rodean, decido comer. Como todos los establecimientos están cerrados, menos unos que se denominan *restaurantes*, deduzco que es ahí donde se sirven comidas. Olisqueo las basuras que rodean la entrada de varios *restaurantes* hasta dar con una que despierta mi apetito.

14.45   Entro en el *restaurante* y un caballero vestido de negro me pregunta con displicencia si por ventura tengo hecha reserva. Le respondo que no, pero que me estoy haciendo un chalet con veintidós retretes. Soy conducido en volandas a una mesa engalanada con un ramo de flores, que ingiero para no parecer descortés. Me dan la carta (sin codificar), la leo y pido jamón, melón con jamón y melón. Me preguntan qué voy a beber. Para no llamar la atención, pido el líquido más común entre los seres humanos: orines.

16.15   Me tomo un café. La casa me obsequia con una copa de licor de *pera*. A continuación me traen la cuenta, que asciende a pesetas seis mil ochocientas treinta y cuatro. No tengo un duro.

16.35   Me fumo un Montecristo del número dos (2) mientras pienso cómo salir de este aprieto. Podría desintegrarme, pero rechazo la idea porque *a*) eso podría llamar la atención de camareros y comensales y *b*) no sería justo que sufriese las consecuencias de mi imprevisión una gente tan amable, que me ha invitado a una copa de licor de *pera*.

16.40   Pretextando haber olvidado algo en el coche, salgo a la calle, entro en un estanco y adquiero boletos y cupones de los múltiples sistemas de lotería que allí se expenden.

16.45   Manipulando las cifras por medio de fórmulas elementales, obtengo la suma de pesetas ciento veintidós millones. Regreso al *restaurante*, abono la cuenta y dejo cien millones de propina.

16.55   Reanudo la búsqueda de Gurb por el único método que conozco: patearme las calles.

20.00   De tanto caminar, los zapatos echan humo. De uno de ellos se ha desprendido el tacón, lo que imprime a mi paso un contoneo tan ridículo como fatigoso. Los arrojo de mí, entro en una tienda y con el dinero que me ha sobrado del *restaurante* me compro un nuevo par de zapatos menos cómodos que los anteriores, pero hechos de un material muy resistente. Provisto de estos nuevos zapatos, denominados esquís, inicio el recorrido del barrio de Pedralbes.

21.00   Concluyo el recorrido del barrio de Pedralbes sin haber encontrado a Gurb, pero muy gratamente impresionado por lo elegante de sus casas, lo recoleto de sus calles, lo lozano de su césped y lo lleno de sus piscinas. No sé por qué algunas personas prefieren habitar en barrios como San Cosme, de triste recuerdo, pudiendo hacerlo en barrios como Pedralbes. Es posible que no se trate tanto de una cuestión de preferencias como de dinero.

Según parece, los seres humanos se dividen, entre otras categorías, en ricos y pobres. Es ésta una división a la que ellos conceden gran importancia, sin que se sepa por qué. La diferencia fundamental entre los ricos y los pobres parece ser ésta: que los ricos, allí donde van, no pagan, por más que adquieran o consuman lo que se les antoje. Los pobres, en cambio, pagan hasta por sudar. La exención de que gozan los ricos puede venirles de antiguo o haber sido obtenida recientemente, o ser transitoria, o ser fingida; en resumidas cuentas, lo mismo da. Desde el punto de vista estadístico, parece demostrado que los ricos viven más y mejor que los pobres, que son más altos, más sanos y más guapos, que se divierten más, viajan a lugares más exóticos, reciben mejor educación, trabajan menos, se rodean de mayores comodidades, tienen más ropa, sobre todo de entretiempo, son mejor atendidos en la enfermedad, son enterrados con más boato y son recordados por más tiempo. También tienen más probabilidades de salir retratados en periódicos, revistas y almanaques.

21.30   Decido regresar a la nave. Me desintegro ante la puerta del Monasterio de Pedralbes, con gran sorpresa de la reverenda madre que en aquel preciso momento salía a sacar la basura.

22.00   Recarga de energía. Me dispongo a pasar otra velada en solitario. Leo una entrega de Lolita Galaxia, pero esta lectura, tantas veces hecha en compañía de Gurb, a quien siempre debía explicar los pasajes más picantes, porque a bobalicón no había quien le ganara, en lugar de distraerme, me entristece.

22.30   Harto de dar vueltas por la nave, decido retirarme. Hoy ha sido un día cansado. Me pongo el pijama, rezo mis oraciones y me acuesto.

DÍA 12

08.00   Todavía sin noticias de Gurb. Llueve a cántaros. En Barcelona llueve como su Ayuntamiento actúa: pocas veces, pero a lo bestia. Decido no salir y aprovechar la mañana para asear un poco la nave.

09.00   Llevo una hora haciendo sábado y ya no puedo más. Siempre se había encargado Gurb de estos quehaceres, que ahora me pillan desentrenado. Quiera Dios que vuelva pronto.

09.10   Para matar el tiempo veo un rato la televisión. Salen varios individuos, todos ellos pertenecientes al género humano. Al cabo de un rato de presenciar su actuación colijo estar viendo un concurso bastante similar a los que tanto gustan en mi planeta, pero mucho más tosco de contenido. A una pareja de sexo biológicamente diferenciado (aunque no visible, por el momento) le preguntan cómo se llamaba de apellido Napoleón. Cuchicheos. La mujer contesta en tono dubitativo. ¿Benavente? La respuesta no es correcta. Ahora le toca el turno al matrimonio rival, que ocupa un podio situado en el extremo opuesto del estudio.

¿Bombita? Tampoco es correcta la respuesta. El presentador aplaude e informa a las parejas concursantes que han perdido o ganado medio millón de pesetas. Zapatiestas de los concursantes en sus podios respectivos. Entra en liza una concursante nueva, que lleva viniendo al concurso veintidós meses seguidos. Le preguntan cuál era el nombre de soltero de Alberto Alcocer. Decido interrumpir la recepción. Temperatura, 16 grados centígrados; humedad relativa, 90 por ciento; vientos fuertes del nordeste; estado de la mar, marejada.

09.55   Bajo la apariencia de Julio Romero de Torres (en su versión *con* paraguas), me naturalizo en el bar del pueblo, me arreo un par de huevos fritos con bacon y hojeo la prensa matutina. Los humanos tienen un sistema conceptual tan primitivo, que para enterarse de lo que sucede han de leer los periódicos. No saben que un simple huevo de gallina contiene mucha más información que toda la prensa que se edita en el país. Y más fidedigna. En los que acaban de servirme, y a pesar del aceitazo que los empaña, leo las cotizaciones de bolsa, un sondeo de opinión sobre la honradez de los políticos (un 70 % de las gallinas cree que los políticos son honrados) y el resultado de los partidos de baloncesto que se disputarán mañana. ¡Oh, cuán fácil les sería la vida a los humanos si alguien les hubiera enseñado a descodificar!

10.30   El carajillo me ha sentado como un tiro. Regreso a la nave, me pongo el pijama y me acuesto. Decido dedicar el resto de la jornada a descansar. Para aprovechar el tiempo, inicio la lectura sistemática de la llamada narrativa española contemporánea, muy reputada dentro y fuera de este planeta.

13.30   Concluyo la lectura de *Bertoldo, Bertoldino y Cacaseno*. El día sigue nublado, pero ha parado de llover. Decido bajar a la ciudad. Quiero resolver de una vez por todas el dichoso asunto del dinero. Aún me queda algo de lo que gané ayer en la bonoloto, pero preferiría asegurarme una posición desahogada mientras dure mi estancia en la Tierra.

13.50   Cuando sólo faltan diez minutos para el cierre, me persono en una sucursal de la Caja de Ahorros de Sierra Morena y manifiesto mi deseo de abrir una cuenta. Para inspirar confianza he adoptado la apariencia de S. S. Pío XII, de feliz memoria.

13.52   El empleado de ventanilla me entrega un formulario, que cumplimento.

13.55   El empleado de ventanilla sonríe y me informa de que la entidad dispone de diversas modalidades de cuenta (cuenta-depósito, cuenta-imposición, cuenta-si-te-he-visto-no-me-acuerdo, cuenta-de-perdidos-al-río, cuenta-burro-el-que-lo-lea, etcétera). Si mi aportación en metálico es de cierta envergadura, una modalidad u otra me producirán mayor rentabilidad, mejor disponibilidad, más ventajas fiscales, dice. Respondo que deseo abrir una cuenta con pesetas veinticinco.

13.57   El empleado de ventanilla deja de sonreír, deja de informarme y, si mi oído no me engaña, expele unas ventosidades. A continuación teclea un rato en un ordenador.

13.59   La apertura de la cuenta corriente ha concluido. Cuando falta un segundo para el cierre de las operaciones del día, transmito instrucciones al ordenador para que añada catorce ceros al saldo de mi cuenta. Ya está. Salgo del banco. Parece que quiere salir el sol.

14.30   Me detengo ante una marisquería. Sé que es costumbre entre los seres humanos celebrar el buen fin de sus transacciones mercantiles en este tipo de sitios y yo, con idéntico motivo, quisiera imitarles. Las marisquerías son una variedad o categoría de *restaurantes* que se caracterizan *a)* por estar decorados con aparejos de pesca (esto es lo más importante) y *b)* porque en ellos se ingieren una especie de teléfonos con patas y otros animales que hieren por igual el gusto, la vista y el olfato.

14.45   Después de vacilar un rato (15 minutos) y como sea que aborrezco comer solo, decido postergar la ceremonia de la marisquería hasta dar con Gurb. Entonces, y antes de aplicarle las medidas disciplinarias que le correspondan, celebraremos el reencuentro con una cuchipanda.

15.00   Ahora que dispongo de dinero, decido recorrer la zona céntrica de la ciudad y visitar sus afamados comercios. Ha vuelto a nublarse, pero por el momento parece que el tiempo aguanta.

16.00   Entro en una boutique. Me compro una *corbata*. Me la pruebo. Considero que me favorece y me compro noventa y cuatro *corbatas* iguales.

16.30   Entro en una tienda de artículos deportivos. Me compro una linterna, una cantimplora, un camping butagas, una camiseta del Barça, una raqueta de tenis, un equipo completo de wind-surf (de color rosa fosforescente) y treinta pares de zapatillas de jogging.

17.00   Entro en una charcutería y me compro setecientos jamones de pata negra.

17.10   Entro en una frutería y me compro medio kilo de zanahorias.

17.20   Entro en una tienda de automóviles y me compro un Maseratti.

17.45   Entro en una tienda de electrodomésticos y lo compro todo.

18.00   Entro en una juguetería y me compro un disfraz de indio, ciento doce braguitas de Barbie y un trompo.

18.30   Entro en una bodega y me compro cinco botellas de *Baron Mouchoir Moqué* del 52 y una garrafa de ocho litros de vino de mesa *El Pentateuco*.

19.00   Entro en una joyería, me compro un Rolex de oro automático, sumergible, antimagnético y antichoque y lo rompo in situ.

19.30   Entro en una perfumería y me compro quince frascos de *Eau de Ferum*, que acaba de salir.

20.00   Decido que el dinero no da la felicidad, desintegro todo lo que he comprado y continúo caminando con las manos en los bolsillos y el ánimo ligero.

20.40   Mientras paseo por las Ramblas, el cielo se cubre de nubarrones y retumban unos truenos: es evidente que se aproxima una perturbación acompañada de aparato eléctrico.

20.42   Por culpa de mi puñetera radiactividad, me caen tres rayos encima. Se me funde la hebilla del cinturón y la cremallera de la bragueta. Se me ponen todos los pelos de punta y no hay quien los domeñe: parezco un puerco espín.

20.50   Todavía cargado de electricidad estática, al tratar de comprar la *Guía del ocio* pego fuego al quiosco.

21.03   Caen cuatro gotas y cuando parece que la cosa no va a ir a más, descarga una tromba de agua tan salvaje que las ratas salen de las alcantarillas y se suben a Colón, por si acaso. Corro a refugiarme en un tascorro.

21.04   Ya estoy en el tascorro. Salchichones, longanizas, chistorras y otras estalactitas riegan de grasa a la parroquia, compuesta por siete u ocho individuos de sexo biológicamente diferenciado, aunque no visible, salvo en el caso de un caballero que al salir del excusado olvidó guardarse la pirulina. Detrás de la barra escancia vino lo que al principio tomo por un hombre. Un examen más detenido me revela que en realidad se trata de dos enanos encaramados el uno sobre el otro. Cuando se abre la puerta se forma un remolino de aire, que ahuyenta las moscas. Entonces puede verse en una de las paredes un espejo, en cuyo ángulo superior izquierdo se leen, escritos con tiza, los resultados de la jornada de liga correspondientes al 6 de marzo de 1958.

21.10   Como el aguacero me ha calado hasta los huesos, pido un vaso de tinto. Para entrar en calor. Con un palillo intento pinchar una tapa, pero, ante mi asombro, las tapas salen corriendo por el mostrador.

21.30   Me entretengo escuchando la conversación de los parroquianos. El lenguaje de los seres humanos, sin descodificar, es trabajoso y pueril. Para ellos, una oración elemental como ésta

109328745108y34-19«poe8vhqa9enf087qjnrf-09aqsd nfñ9q8w3r4v21dfkf=q3wy oiqwe=q3u 1o9=853491926rn 1nfp24851ir09348413k8449f385j9t830t82 = 34 ut t2egu-34851mfkfg-231lfgklwhgq0i2ui34756=13ir2487-23 49r20i45u62-4852ut-34582-9238v43 597 46 82 = 3t98458 9672394ut945467 = 2-3tugywoit = 238tej 93 46 7523 fiwuy6-23f3yt-238984rohg-2343ijn87b8b7ytgyt65 4376687by79

(déme nueve kilos de nabos)

resulta ininteligible. Hablan, en consecuencia, largamente y a gritos, con acompañamiento de ademanes y muecas horribles. Aun así, su capacidad de expresión es limitadísima, salvo en el terreno de la blasfemia y la palabra soez, y en sus alocuciones abundan las anfibologías, los anacolutos y las polisemias.

21.50   Mientras reflexiono sobre este punto, el camarero me va llenando el vaso y cuando me doy cuenta, ya llevo medio litro de clarete en el cuerpo. Empiezo a analizar la composición química del vino (ciento seis elementos, ninguno de ellos derivado de la uva), pero al llegar a trinitrotolueno decido abandonar la investigación. El camarero me rellena el vaso.

22.00   Me río sin causa y el parroquiano que está a mi lado me pregunta que si tiene *monos* en la cara o qué. Le aclaro que no me río de él, sino de una bobada que me ha venido a la cabeza de repente, sin saber cómo ni por qué. Como mi parlamento resulta algo confuso, sobre todo porque algunas frases las he dicho sin descodificar, las miradas de los demás parroquianos convergen en mí.

22.05   Un parroquiano (no el que tiene *monos* en la cara, sino otro) me señala colocando el dedo índice de su mano derecha en la punta de mi nariz y dice que mi cara le suena. El que me haya reconocido bajo la apariencia (y sustancia) del Santo Padre me indica que debe de ser persona devota y, por lo tanto, digna de toda confianza. Le respondo que sin duda se confunde y para desviar su atención y la de los demás de mi persona invito a una ronda. Viéndome dispuesto al gasto, el camarero dice que acaban de salir de la cocina unos callos que están de rechupete. Pongo sobre el mostrador algunos billetes (cinco millones de pesetas) y digo que vengan aquí esos callos, que por dinero no ha de quedar.

22.12   El parroquiano devoto dice que ni hablar, que yo ya he pagado los vinos y que los callos corren de su cuenta. A continuación añade que no faltaría más. Insisto en que lo de los callos ha sido idea mía y que, por consiguiente, es justo que los pague yo.

22.17   Una mujer (también parroquiana), que acaba de tumbar la segunda botella de anís, interviene para proponer que no sigamos discutiendo. Se mete la mano en el escote y la saca llena de unos billetes sucios y arrugados, que arroja sobre el mostrador. Otro parroquiano, creyendo que aquellos billetes son los callos, se come cuatro de un bocado. La mujer afirma que ella invita. El parroquiano piadoso replica que a él no le invita ninguna mujer. Explica que los tiene muy bien puestos.

22.24   Como a todas éstas los callos no aparecen, los reclamo golpeando el mostrador con un cenicero. Rompo el cenicero y desportillo el mármol del mostrador. El camarero sirve vino. Un parroquiano que hasta entonces ha permanecido mudo dice que va a obsequiarnos con unas soleares. Canta con mucho sentimiento la canción titulada 1092387nqfp983j41093 (*güerve a mi lao, sorra*) y todos damos palmas y jaleamos diciendo *ele, ele* (7v5, 7v5). El pío parroquiano dice que por fin ha hecho memoria y que ya sabe quién soy: Jorge Sepúlveda.

22.41 (aproximadamente)   El parroquiano cantaor abre tanto la boca para expresar su penita, que se le cae la dentadura postiza en la fuente de las albóndigas. Cuando mete la mano para recuperarla, el camarero le golpea la cabeza con un queso de bola y le dice que ya está bien, que en lo que va de semana ya se lleva comidas ocho albóndigas con el truco de la dentadura, pero que él no es un (ininteligible) y que las lleva contabilizadas. El cantaor amonestado replica que él no necesita robar albóndigas de esta pocilga, que él ha sido *el rey de la copla* en París y que siempre que quiere tiene mesa puesta en *Maxim's*. Por toda respuesta, el camarero sirve vino.

23.00 o 24.00   El andoba que tiene *monos* en la cara pone en nuestro conocimiento que él podría haber sido alguien, porque no le han faltado nunca las ideas ni los arrestos necesarios para llevarlas a cabo, pero que se han conjurado tres cosas para impedir su éxito, a saber, *a*) la mala suerte, *b*) su inclinación por el vino, el juego y las mujeres y *c*) la inquina de algunas personas poderosas que prefiere no nombrar. La guarrona que antes se ha sacado el parné del tetamen salta y dice que de eso nada, *monada*, que las causas verdaderas de que el tío sea lo que es son en realidad éstas: *a*) la vagancia, *b*) la vagancia y *c*) la vagancia, y que ya está harta de oír tanta mentira y tanta fantasía.

? Salen finalmente de la cocina los callos andando por su propio pie. La furcia dice que ella es la única que puede vanagloriarse de algo, pues hasta hace muy poco era una hembra *de bandera*, por lo cual en su barrio era conocida por el sobrenombre de la *bomba de Oklahoma*. Añade que si ahora la vemos un poco estropeada, no es por la edad, sino por otras causas, a saber, *a*) su inmoderada afición a las judías secas, *b*) las palizas que le han dado los hombres y *c*) la operación de cirugía estética algo chapucera que le hizo cierto médico del seguro, cuyo nombre prefiere no mentar. A continuación se pone a llorar. Entonces yo voy y le digo que no llore, que para mí es la mujer más hermosa y atractiva que jamás he visto y que de buena gana contraería matrimonio con ella, pero que me lo impide el hecho de ser extraterrestre y estar sólo de paso, camino de otras galaxias, a lo que ella responde que esto es lo que le dicen todos. El gachó de los *monos* le dice que deje ya de dar el (ininteligible) y que se calle, a lo que replica ella (muy bien replicado), que a ella no la hace callar ni la (ininteligible) que la parió y que ella dice lo que le sale de la alcachofa y que qué pasa. Y entonces voy yo y le arreo una (ininteligible) en toda la boca al tío que la ha faltao o quizá se la arreo a otro, pero me da igual, y les digo a todos que a mi novia no la falta nadie.

Negra noche.   El que ha recibido se levanta del suelo, me coge por las orejas y me hace dar vueltas en el aire como un ventilador. Aprovechando el incidente, el cantaor se mete un puñado de albóndigas en la boca. El camarero le da con una sartén en el estómago y le obliga a devolver las albóndigas (o una materia similar) a su lugar de origen. Entra la policía nacional blandiendo porras. Consigo arrancarle la porra de las manos a un policía nacional y golpear con ella al otro policía nacional o al mismo policía nacional. Las cosas parecen complicarse. Decido desintegrarme, pero confundo la fórmula y desintegro dos chiringuitos del Moll de la Fusta. Somos conducidos a la comisaría.

DÍA 13

08.00   Soy conducido a presencia del señor comisario. El señor comisario me notifica que mis compañeros de farra han prestado declaración mientras yo dormía la *mona* y que todos han coincidido en señalarme a mí como único elemento perturbador. Demostrada de este modo su inocencia, han sido puestos en libertad. A estas horas ya deben de estar nuevamente en la tasca, olvidados de mí. Experimento una sensación de desamparo tan grande que sin que intervenga en ello el deseo ni la voluntad me transformo en Paquirrín. El señor comisario me amonesta y luego ordena que me pongan en la calle. ¡Qué vergüenza y qué dolor de cabeza!

08.45   De regreso en la nave. No hay ningún recado en el contestador. Recarga energética, pijama.

13.00   Acabo de despertarme, muy aliviado. Desayuno frugal. Hoy no como. Leo de un tirón *Tontolina de vacaciones*, *Tontolina en el internado* y *La puesta de largo de Tontolina*.

15.00   Apagón. Algo falla en los generadores de la nave.

Me doy una vuelta por la sala de máquinas para ver si localizo la avería. Aprieto botones y muevo palancas por si acierto a componer la cosa por pura casualidad, porque yo de mecánica no entiendo nada. Gurb era el que se encargaba de hacer funcionar y, en su caso, de reparar estas mierdas. En el recorrido descubro varias goteras, que consigno en pliego aparte.

16.00   He debido de tocar algo que no había que tocar, porque se extiende por la nave un hedor insoportable. Salgo al exterior y advierto que por error he invertido el funcionamiento de una de las turbinas. Ahora, en lugar de expulsar la energía resultante de la desintegración del cadmio y el plutonio, la turbina está succionando el alcantarillado del pueblo.

16.10   Adopto la apariencia (y virtudes) del almirante Yamamoto e intento achicar la nave con un cubo.

16.15   Renuncio.

16.17   Abandono la nave. Por si a Gurb se le ocurre volver durante mi ausencia, dejo esta nota enganchada en la puerta: Gurb, he tenido que abandonar la nave (con honor); si vienes, deja dicho dónde se te puede localizar en el bar del pueblo (señor Joaquín o señora Mercedes).

16.40   Me persono en el bar del pueblo. Le digo a la señora Mercedes (el señor Joaquín se está echando una siesta) que si viene un ser *de la apariencia que sea*, o incluso un ser sin apariencia alguna, preguntando por mí, que tome el recado. Yo iré viniendo. Más no puedo hacer.

17.23   Me traslado a la ciudad en un transporte público denominado Ferrocarril de la Generalitat. A diferencia de otros seres vivos (por ejemplo, el escarabajo de la col), que siempre se desplazan del mismo modo, los seres humanos utilizan gran variedad de medios de locomoción, todos los cuales rivalizan entre sí en lentitud, incomodidad y peste, aunque en este último apartado suelen resultar vencedores los pies y algunos taxis. El mal llamado metro es el medio que más utilizan los fumadores; el autobús, aquellas personas, por lo general de avanzada edad, que gustan de dar volteretas. Para distancias más largas existen los llamados *aviones*, una especie de autobuses que se propelen expulsando el aire de los neumáticos. De esta forma alcanzan las capas bajas de la atmósfera, donde se sostienen por la mediación del santo cuyo nombre figura en el fuselaje (Santa Teresa de Ávila, San Ignacio de Loyola, etcétera). En los viajes prolongados, los pasajeros del *avión* se entretienen mostrándose los calcetines.

18.30   Debo buscar un sitio para pasar la noche, porque nada me garantiza que no vayan a caer chubascos tormentosos como el de ayer. O pedrisco. Por otra parte, aunque el cielo se mantenga despejado, mi experiencia de las calles de la ciudad me indica ser de todo punto desaconsejable permanecer en ellas más tiempo del estrictamente necesario.

19.30   Llevo una hora recorriendo hoteles. No hay una habitación libre en toda la ciudad, porque, según me informan, se está celebrando un Simposio sobre Nuevas Formas de Rellenar los Pimientos del Piquillo, y han acudido expertos de todos los países.

20.30   Otra hora de búsqueda y cierta práctica en el arte de dar propinas me proporcionan habitación con baño y vistas a una obra pública de cierta envergadura. Con ayuda de un megáfono, el recepcionista me asegura que por la noche se interrumpirán los trabajos de perforación y derribo.

21.30   En un local cercano al hotel pido e ingiero una hamburguesa. Es un conglomerado de fragmentos procedentes de varios animales. Un análisis somero me permite reconocer el buey, el asno, el dromedario, el elefante (asiático y africano), el mandril, el ñu y el megaterio. También encuentro, en un porcentaje mínimo, moscardones y libélulas, media raqueta de badminton, dos tuercas, corcho y algo de grava. Acompaño la cena con una botella grande de Zumifot.

22.20   Regreso al hotel dando un paseo. La noche es tibia y perfumada. Temperatura, 21 grados centígrados; humedad relativa, 63 por ciento; brisa suave; estado de la mar, llana. Me meto en el bar del hotel en busca de compañía. En el bar sólo está el barman haciendo buches en la coctelera. Pido la llave y me recojo.

22.30   Me pongo el pijama. Veo un rato la televisión autonómica.

22.50   Me meto en la cama. Leo las memorias de don Soponcio Velludo, *Cuarenta años en el catastro de Albacete*.

24.00   Cesan los trabajos en la vía pública. Rezo mis oraciones y apago la luz. Todavía sin noticias de Gurb.

02.27   Sin causa aparente revienta el minibar. Dedico media hora a recoger botellines.

03.01   De resultas de los trabajos efectuados en la vía pública se ha producido un escape de gas. Los clientes del hotel somos evacuados por la escalera de incendios.

04.00   Reparada la avería, los clientes del hotel regresamos a nuestras habitaciones respectivas.

04.53   Se produce un incendio en las cocinas del hotel. Los clientes del hotel somos evacuados por la escalera principal, pues la escalera de incendios está envuelta en llamas.

05.19   Hace su aparición el cuerpo de bomberos. En un santiamén sofocan el incendio. Los clientes del hotel regresamos a nuestras habitaciones respectivas.

06.00   Las máquinas excavadoras entran en funcionamiento.

06.05   Liquido la cuenta del hotel y dejo libre la habitación. La ocupa al punto un viajante de productos alimenticios que ha pasado la noche al raso. Me cuenta que la empresa a la que él representa ha conseguido criar pollos *sin hueso*, lo que los hace muy apreciados en la mesa, pero algo desgarbados cuando aún están vivos.

DÍA 14

07.00   Me persono en el bar de la señora Mercedes y el señor Joaquín cuando la señora Mercedes está subiendo la persiana metálica. La ayudo a bajar las sillas que el señor Joaquín había subido la noche anterior sobre las mesas para facilitar el barrido del establecimiento. Me dice que nadie ha preguntado por mí. Le encarezco que se mantenga ojo avizor. Me hace una tortilla de berenjenas (mi favorita) y me la tomo con dos rebanadas de pan con tomate y una caña de cerveza, mientras hojeo la prensa matutina. Parece que ya está decidida la selección que jugará en Italia: Zubizarreta, Chendo, Alkorta, Sanchis, Rafa Paz, Villarroya, Michel, Martín Vázquez, Roberto Salinas, Butragueño, Bakero, ¡menudo equipazo! Leo atentamente los anuncios para ver si puedo alquilar un piso. La cosa está peluda. Mejor comprar.

09.30   Me persono en una agencia inmobiliaria. Para causar una impresión favorable he adoptado la apariencia del duque y la duquesa de Kent. Soy conducido a una sala donde guardan turno varias personas.

09.50   Leo en un *¡Hola!* un amplio reportaje sobre la boda de un tal Balduino y una tal Fabiola. Compruebo que se trata de un número atrasado.

10.00   Entra en la sala una señorita y nos hace formar en tres grupos: *a*) el de los que quieren comprar un piso para *habitarlo*, *b*) el de los que quieren comprar un piso para blanquear dinero negro y *c*) el de los que quieren comprar un piso en la Villa Olímpica. Una pareja con un lactante y yo formamos el grupo *a*.

10.15   Los integrantes del grupo *a* somos conducidos a un despacho sobrio. A la mesa se sienta un caballero de barba blanca, cuyo aspecto rezuma probidad. Nos explica que la coyuntura es difícil, que hay más demanda que oferta y viceversa, que no debemos hacernos ilusiones. Nos insta a renunciar al engañoso binomio calidad-precio. Nos recuerda que esta vida no es más que un valle de lágrimas de alto standing. A medio sermón se le desprende la barba postiza, que arroja a la papelera.

11.25   Visito el piso que acabo de comprar. No está mal. Hay que hacer cocina y baños, pero esto no me inquieta porque no sé cocinar y no me baño *jamás*. Advierto con alegría que el dormitorio dispone de un amplio armario empotrado. Entro en el armario empotrado y éste se pone en movimiento. Desilusión: era el ascensor del inmueble.

14.50   Obtengo la cédula de habitabilidad, me doy de alta de agua, gas, electricidad y teléfono, suscribo un seguro contra incendio y robo, pago la contribución territorial.

16.30   Compro una cama, un plegatín (para invitados), un tresillo, aparador, mesa y sillas. Temperatura, 21 grados; humedad relativa, 60 por ciento; vientos flojos; estado de la mar, rizada.

17.58   Compro cubertería y vajilla.

18.20   Compro ropa de casa, visillos.

19.00   Compro aspirador, horno microondas, plancha de vapor, tostadora, freidora, secador de cabello.

19.30   Compro detergente, suavizante, abrillantador, limpiacristales, escoba, bayeta, estropajo, gamuza.

20.30   Me instalo en casa. Me hago subir una pizza y una botella familiar de Zumifot. Me pongo el pijama.

21.30   Decido prescindir (sólo por hoy) de mi lista de lecturas y me meto en la cama con una novela de misterio de una escritora inglesa que goza de gran predicamento entre los seres humanos. El argumento de la novela es harto simple. Un individuo, al que, para simplificar, llamaremos A, aparece muerto en la biblioteca. Otro individuo, B, intenta adivinar quién mató a A y por qué. Después de una serie de operaciones carentes de toda lógica (habría bastado aplicar la fórmula $3(\times 2 - r)n \pm 0$ para solucionar el caso de entrada), B afirma (erróneamente) que el asesino es C. Con esto el libro concluye a satisfacción de todos, incluido C. No sé lo que es un *mayordomo*.

01.30   Rezo mis oraciones y me dispongo a dormir. Todavía sin noticias de Gurb.

04.17   Me despierto y no logro volver a conciliar el sueño. Me levanto y recorro mi nuevo piso. Falta algo, pero no sé lo que es.

05.40   Vencido por el cansancio, vuelvo a dormirme sin haber despejado la incógnita que me atormenta.

06.11   Me despierto repentinamente. Ya sé lo que falta para que el piso sea un verdadero hogar. Pero ¿encontraré alguna chica dispuesta a compartir mi vida?

DÍA 15

07.00   Ayudo a la señora Mercedes a subir la persiana metálica del bar y a enchufar la cafetera. El señor Joaquín, ronca que roncarás. La señora Mercedes lo pone de vuelta y media. Destaca la diferencia que media entre el señor Joaquín, a quien califica de *piernas*, y un hombre como yo, madrugador, laborioso y cumplido. Le pregunto si, en su opinión, me costaría mucho echarme novia. Me pregunta si voy con intenciones serias o si sólo pretendo pasar el rato. Hago protestas de seriedad. Me dice que, en tal caso, me van a sobrar las pretendientas. Asegura que hay que ver cómo está el *patio*. Le pregunto, para cambiar de tema, si ha llegado alguna comunicación para mí y responde en sentido afirmativo. Me da un vuelco el corazón. ¿Serán noticias de Gurb?

09.15   La señora Mercedes me trae mi tortilla de berenjenas y mi caña y un mensaje cifrado. Decepción: no es de Gurb, sino de la Junta Suprema de Investigación Espacial, desde la Estación de Enlace AF, en la constelación de Antares. Decido dejar el mensaje para más tarde y me como la tortilla y me bebo la cerveza.

09.30 Un eructito.

09.35 Me encierro en el aseo de caballeros para descifrar el mensaje con toda tranquilidad.

09.55 La descodificación del mensaje reviste ciertas dificultades. Un parroquiano en apuros aporrea la puerta.

10.40 Mensaje descifrado. La Junta Suprema quiere saber por qué Luisito Suárez no ha seleccionado a Luis Milla. Imposible responder sin el instrumental, que se ha quedado en la nave.

11.00 Regreso a casa en metro. Durante el trayecto voy mirando a las chicas que suben y bajan. Elegir una entre tantas no resulta fácil, porque ello implica renunciar a las demás, y mis preferencias están muy repartidas.

13.00 Decido dedicar la tarde a estudiar el tema.

15.00 A efectos metodológicos, decido agrupar las dificultades en tres grupos o apartados: *a*) dificultades biológicas, *b*) dificultades psicológicas, *c*) dificultades prácticas. Todas se me antojan insalvables.

15.30 Algunas precisiones útiles: el órgano reproductor de los seres humanos se divide en dos partes, denominadas, respectivamente la cámara alta y la cámara baja. Esta última posee un apéndice o pedúnculo denominado Pons.

17.05 Bajo al quiosco y adquiero el calendario Playboy.

Subo corriendo a casa con el calendario Playboy escondido bajo la americana.

17.15   Me pregunto si la peculiar anatomía de las señoritas que aparecen fotografiadas en el calendario Playboy les permitiría soportar una presión de noventa mil atmósferas.

19.00   Dedico buena parte de la tarde a documentarme sobre algunos asuntos pertinentes al tema. Pregunta: ¿Cuándo debe un caballero respetar a una dama? Respuesta: cuando a ella la hagan acreedora sus cualidades morales, su condición social, su decoro en el vestir y su higiene personal. En los demás casos, el recurso a la violencia es opcional. Otros detalles que debo memorizar: ¿Cuándo deben enviarse y cuándo *no* deben enviarse flores a un entierro? ¿Es lícito el tuteo? El sombrero, los guantes y el bastón. Ante la pila de agua bendita: un momento delicado. Bocadillos, canapés y petifurs. ¡Esas posturitas!

20.00   Ensayo ante el espejo algunas posibles apariencias. A las mujeres hay que *entrarles por los ojos* y la primera impresión cuenta muchísimo. Manuel Orantes, Viriato, Giorgio Armani, Eisenhower.

20.30   Decido dar una vuelta para despejarme. Temperatura, 18 grados centígrados; humedad relativa, 65 por ciento; brisa moderada; estado de la mar, llana.

20.55   Pocas ciudades en la Tierra pueden ufanarse de tener una oferta cultural tan variada como la de Barcelona. Por desgracia, el horario de los espectáculos no siempre coincide con la conveniencia de los ciudadanos. Por ejemplo, la orca Ulises sólo actúa a determinadas horas de la mañana; y así sucesivamente. Por suerte, mis pasos me han conducido a las Ramblas cuando está a punto de empezar la representación del Liceo.

23.30   El Liceo es sin duda el *primer* coliseo de España y uno de los mejores de Europa. Padece, sin embargo, una crisis financiera endémica de la que a menudo se resiente la calidad de los eventos musicales que en él se celebran. Esta noche, según informaba cabalmente el programa de mano, la orquesta y coros no han podido actuar por falta de nómina. La tuna de ingenieros, que los reemplazaba, ha hecho lo humanamente posible, pero el *Boris Godunov* ha quedado algo deslucido.

24.00   Regreso a casa. Todavía sin noticias de Gurb. Pijama, dientes, Jesusito de mi vida y a dormir.

DÍA 16

07.00   Ayudo al señor Joaquín a subir la persiana metálica y a poner bien las sillas. Distribuyo por la barra las cajas de servilletas de papel y unos cilindros semitransparentes llenos de pajitas, que pueden extraerse, no sin esfuerzo, a través de un orificio practicado en el extremo superior del aparato. Mientras trabajo, me intereso por la señora Mercedes, a la que me extraña no ver en su puesto. El señor Joaquín me informa de que su esposa, también llamada la señora Mercedes, ha pasado la noche del *loro* y se ha ido temprano al dispensario. Teme que haya hecho otra vez alguna *piedra*. Hago votos por su pronto y total restablecimiento. Hoy, en vez de tortilla de berenjena, pan con tomate y fuet. Pregunto: ¿hay algún mensaje para mí? No, no hay ningún mensaje para mí.

09.00   Hojeo la prensa y la comento con la clientela que ha ido llegando. Preocupación general por el asunto Salou-Vilaseca. Un cliente de cierta edad recuerda el tristemente célebre corredor de Danzig y lo que de él se siguió. Otro señala que la misma existencia de armas nucleares hace impensable una conflagración, pese a que la actitud de ambos municipios parece harto enconada. Otra opinión: la gente es muy bestia. Otra: las armas las carga el diablo. Algunos términos útiles: yunque de platero, tas; son de las islas Canarias, isa.

09.10   Llega la señora Mercedes en un taxi, pálida, pero sonriente. A la espera de lo que digan las radiografías que se ha de ir a hacer mañana, el diagnóstico es optimista: quizá se trate sólo de una arenilla. Quiere ponerse a fregar los platos, pero se lo prohibimos. Lo que le conviene es reposo, reposo y reposo. Me pongo el delantal y friego los platos, tazas y vasos. Rompo dos.

10.00   Regreso a Barcelona. Realmente, las chicas que van en el metro están más buenas que el *pan*. Estoy por dirigir la palabra a varias, pero me abstengo. No quiero que me tomen por un *frescales*.

11.00   Visito las obras del Anillo Olímpico, del Palacio Nacional, del Segundo Cinturón. Detecto cierto malestar en algunos sectores de opinión, porque, según dicen, el gasto superará lo previsto en los presupuestos iniciales. Con los ingresos no sucederá otro tanto. Los seres humanos no han aprendido a introducir el factor tiempo en sus operaciones aritméticas, con lo cual éstas, por más que digan, no sirven para nada. Bien poco les costaría corregir el error, si fuesen conscientes de él. Por ahora, no obstante, son incapaces de entender un problema elemental como éste: Si una pera vale 3 pesetas, ¿cuánto valdrán 3 peras el año 3628? Solución: 987365409587635294736489 pesetas. De todas formas, la discusión, en el caso de las obras Olímpicas, carece de interés, porque antes del año 2000 los Bancos centrales habrán abandonado el patrón oro y lo habrán sustituido por el chocolate Elgorriaga en sus tres modalidades: con leche, sin leche y con avellanas.

15.00   Pescadito frito en la Barceloneta. Tarta al whisky, café, copa y Farias. Luego, a casa. Alka-Seltzer.

19.30   Me despierto de la siesta a tiempo para ver la semifinal de baloncesto en TV2. El Barça juega mal, con muchos nervios, pero acaba ganando por los pelos en el último minuto. Acción de gracias. Temperatura, 22 grados centígrados; cielos despejados; humedad relativa, 75 por ciento; vientos suaves de componente sur; estado de la mar, llana.

23.00   Salgo de bares, a tantear el terreno. Si se presenta la ocasión, no la dejaré escapar. Antes de salir adopto la apariencia de Frascuelo Segundo. Si lo que quieren es *marcha*, la tendrán.

23.30   Cubata en bar de moda, Bonanova; premio FAD de interiorismo. Pocas chicas y acompañadas.

00.00   Cubata en bar de moda, Ensanche; premio FAD de interiorismo. Bastantes chicas; todas acompañadas.

00.30   Cubata en bar de moda, Raval; premio FAD de interiorismo (ex aequo). Muchas chicas; todas acompañadas.

01.00   Cubata en bar de moda, Pueblo Nuevo; premio FAD de restauración de espacios urbanos. Ninguna chica: creo que me he equivocado de local.

01.30   Cubata en bar de moda, Sants; finalista premio FAD de interiorismo. Chicas sueltas, pero de las que pegan.

02.00   Cubata en bar de moda, Hospitalet; sin premio. Mucha chica suelta. Ambiente guay. Música en vivo. Subo al estrado, me hago con el micro y canto. La letra de la canción es mía. La he compuesto para la ocasión. Dice así:

> Enróllate, tío
> Enróllate, tío
> Enróllate, tío
> Enróllate, tío
> Enróllate, tío
> Si te quieres enrollar
> Enróllate, tío
> (al refrán)
> Enróllate, tío
> Enróllate, tío (etc.)

Como intuyo que gusta, repito la canción varias veces. Suben al estrado unos individuos fornidos y me invitan a abandonar el local. En la última semana ya he tenido dos encuentros con la poli, así que opto por aceptar su invitación.

04.21   Vomito en un parterre de la plaza Urquinaona.

04.26   Vomito en un parterre de la plaza Cataluña.

04.32   Vomito en un parterre de la plaza Universidad.

04.40   Vomito en el paso de peatones del cruce Muntaner-Aragón.

04.50   Paro un taxi; le digo que me lleve a casa; vomito en el taxi.

DÍA 17

11.30   Me despierto en mi cama. No sé cómo he llegado hasta aquí. Todavía llevo puesto el traje de luces, aunque he perdido la montera, el estoque y una oreja que me habían concedido, si no recuerdo mal. Trato de levantarme, pero no puedo. De la cabeza, mejor no hablar. Decido quedarme en la cama *remoloneando*. De todas formas, hoy es domingo y el bar de la señora Mercedes y el señor Joaquín estará cerrado. Todavía sin noticias de Gurb.

14.00   Me visto y salgo a dar un paseo. El tiempo es cálido y hay poca gente en la calle. Muchas familias se han ido a pasar el fin de semana en el campo, en su *segunda residencia*. Todo está cerrado a cal y canto: las tiendas, por supuesto, y también los bares y los *restaurantes*. A mí, plim. Tal como tengo el estómago, soy incapaz de comer nada.

14.20   Encuentro abierta una tiendecita de artículos deportivos que durante los días laborables no vende una escoba. Quizá por esta razón abre los domingos y alquila bicicletas. Alquilo una bicicleta. Es un aparato muy simple de concepción, pero sumamente complicado de manejo, pues requiere el uso simultáneo de *las dos* piernas, a diferencia del andar, que permite dejar una pierna muerta mientras se avanza la otra. A este gesto o fracción de gesto (según se mire) se da el nombre de *pisar*. Si al andar se va colocando el pie izquierdo a la derecha del pie derecho y luego, en el gesto o fracción de gesto siguiente, se procede del modo inverso, esto es, colocando el pie derecho a la izquierda del pie izquierdo, la resultante se llama pisar *con garbo*.

15.00   Como la calle dispone de una pendiente pronunciada, el paseo en bicicleta se subdivide en dos partes bien distintas entre sí, a saber: *a*) bajar, *b*) subir. La primera parte (bajar) es una gozada; la segunda (subir), una tortura. Por suerte, la bicicleta lleva adosados a ambos lados del manillar sendos frenos. Los frenos, al ser accionados, impiden que la bicicleta adquiera una velocidad creciente o acelerada en la bajada. En la subida, los frenos impiden que la bicicleta se vaya hacia atrás.

17.30   Devuelvo la bicicleta. El ejercicio me ha abierto el apetito. Encuentro abierta una churrería y me como un kilogramo de churros, un kilogramo y medio de buñuelos y tres kilogramos de pestiños.

18.00   Me siento en un banco de la calle a hacer la digestión. El tráfico, que hasta ahora era prácticamente inexistente, se va densificando por momentos. Esto sucede porque todo el mundo está volviendo a la ciudad. En los accesos a la ciudad se producen *retenciones*, que a menudo alcanzan el grado de *importantes retenciones*. Algunas de estas retenciones, sobre todo las denominadas *importantes retenciones*, duran hasta el próximo fin de semana, de modo que hay personas desafortunadas (y familias enteras) que se pasan la vida yendo del campo a la retención y de la retención al campo, sin llegar a pisar nunca la ciudad en la que viven, con el consiguiente menoscabo de la economía familiar y la educación de los niños.

La densidad del tráfico es uno de los problemas más graves de esta ciudad y una de las cosas que más preocupado tiene a su alcalde, también llamado Maragall. Éste ha recomendado en varias ocasiones el uso sustitutivo de la bicicleta y ha aparecido en los periódicos montado precisamente en una bicicleta, aunque, la verdad sea dicha, nunca lleva trazas de ir muy lejos. Quizá la gente haría más uso de la bicicleta si la ciudad fuera más llana, pero esto tiene mal arreglo, porque ya está casi toda edificada. Otra solución sería que el Ayuntamiento pusiera bicicletas a disposición de los transeúntes en la parte alta de la ciudad, con las cuales éstos podrían ir al centro muy de prisa y casi sin pedalear. Una vez en el centro, el propio Ayuntamiento (o, en su lugar, una empresa concesionaria) se encargaría de meter las bicis en camiones y volverlas a llevar a la parte alta. Este sistema resultaría relativamente barato. A lo sumo, habría que colocar una red o colchoneta en la parte baja de la ciudad para impedir que los menos expertos o los más alocados se cayeran al mar una vez efectuado el trayecto descendente. Quedaría pendiente, claro está, la forma en que la gente que hubiera bajado al centro en bicicleta volvería a la parte alta, pero esto no es cosa que deba preocupar al Ayuntamiento, porque no es función de esta institución (ni de ninguna otra) coartar la iniciativa de los ciudadanos. Otro invento: un preparado químico y un dispositivo de ignición que permita encender los puros pulsando la vitola.

Temperatura, 21 grados centígrados; humedad relativa, 75 por ciento; brisas moderadas; estado de la mar, llana.

19.10   Regreso a casa. En el portal encuentro a la vecina del tercero primera y a su hijo. Han dejado el coche en doble fila mientras ella descarga bolsas y paquetes. Su hijo, demasiado pequeño para ayudar a su madre en este menester, aguarda en la acera hurgándose la naricita. La vecina viste pantalón corto y camiseta ceñida, dos prendas que solazan a quien las ve.

19.15   Después de mirar un rato a la vecina escondido detrás de un árbol, me avergüenzo de mí mismo y me ofrezco a ayudarla en la descarga y transporte de bolsas y paquetes. Rehúsa mi ayuda. Me informa de que cada fin de semana es la misma *tabarra* y de que ya está acostumbrada. Insisto y me permite cargar una bolsa de plástico llena de embutidos. Le pregunto si los ha fabricado ella misma. Respuesta: no; los he comprado en un pueblecito próximo a La Bisbal, donde tengo casa. Pregunta: ¿y por qué se los viene a comer aquí? Respuesta: no entiendo la pregunta.

19.25   Finalizada la descarga y transporte de bolsas y paquetes del coche *al* ascensor, subimos *en el* ascensor. Aprovecho la proximidad para calibrar las medidas corporales de mi vecina. Estatura de mi vecina (de pie), 173 centímetros; longitud del pelo más largo (zona occipital), 47 centímetros; del más corto (zona supralabial), 0,002 centímetros; distancia del codo a la uña (dedo pulgar), 40 centímetros; distancia del codo izquierdo al codo derecho, 36 centímetros (en posición de firmes), 126 centímetros (con los brazos en jarras).

19.26   Sacamos bolsas y paquetes *del* ascensor y los depositamos en el descansillo o rellano del tercer piso. Mi vecina me agradece la ayuda prestada y añade que me invitaría a pasar, pero que el niño está agotado. Se ha de bañar, cenar y meter en la cama pitando, porque mañana hay cole. Le digo que no quiero causarles ninguna molestia y que, de todos modos, ya tendremos ocasión de volvernos a ver, puesto que vivo en el mismo inmueble. Mi vecina responde que ya lo sabía, pues la portera le ha hablado de mí. ¿La habrá puesto al corriente de mis costumbres licenciosas?

20.00   Entretenido con la vecina, llego por los pelos a misa de ocho. Sermón largo, pero muy interesante. No confiéis en aquellos que os engañan; confiad más bien en aquellos que *no* os engañan.

21.30   Llego a la churrería cuando ya están echando el cierre. Me llevo todas las existencias.

22.00   Me como todo lo que he traído mirando la televisión. Decididamente, me gusta mi vecina. A veces uno busca lejos lo que tiene bien cerca. Es una cosa que nos sucede a menudo a los astronautas.

23.00   Pijama, dientes. ¿Y si me comprara una moto?

23.15   Leo *Medio siglo de peluquería en España*, tomo I (La República y la Guerra Civil).

00.30   Oraciones. Todavía sin noticias de Gurb.

DÍA 18

07.00   Me persono en el bar de la señora Mercedes y el
señor Joaquín y encuentro a ambos, es decir, a la señora
Mercedes y al señor Joaquín, *cerrando* la persiana metálica. ¿A qué obedece esta alteración de las costumbres?
Mejor dicho, ¿a qué obedece esta inversión de las costumbres? Explicación: la señora Mercedes ha vuelto a pasar la
noche con un loro y ahora el señor Joaquín la acompaña
al dispensario para que la reconozcan. Por esta causa han
de cerrar el establecimiento al público, cosa que induce al
señor Joaquín a *fruncir el ceño*. Les propongo hacerme
cargo del local hasta su regreso. El señor Joaquín y la
señora Mercedes se niegan. No quieren ocasionarme ninguna molestia. Les convenzo de que no es ninguna molestia; antes al contrario.

07.12   Después de mostrarme de un modo somero el
funcionamiento de los aparatos de uso más frecuente en
el bar, el señor Joaquín y la señora Mercedes suben a bordo
de un Seat Ibiza, el cual parte.

07.19   Recorro el establecimiento, pasando revista al instrumental. Creo que sabré hacer funcionar todos los aparatos, salvo uno muy complicado denominado grifo.

07.21   Pongo a punto la cafetera para que los clientes no tengan que esperar a que se caliente el agua.

07.40   Voy preparando bocatas con idéntica finalidad, pero a medida que los hago, me los zampo.

07.56   Descubro una cucaracha sobre el mostrador. Intento aplastarla con una loncha de jamón de York, pero huye y se oculta en un intersticio, entre el mostrador y el fregadero. Desde allí me hace burla con las antenas. Ahora vas tú a ver. Cucal en dosis masivas.

08.05   No encuentro por ninguna parte las jarritas de cerveza. Bebo aplicando los labios al caño. Me sale espuma por todos los poros. Parezco un borreguito.

08.20   Entra el primer cliente. Quiera Dios que pida algo fácil.

08.21   El primer cliente se dirige a mí y me da los buenos días. Respondo en idénticos términos. Mentalmente doy instrucciones a la cafetera, a la nevera y a los croissants para que también le den los buenos días. El primer cliente parece quedar gratamente sorprendido de esta cortés salutación.

08.24   El primer cliente pide un café con leche. Compruebo con horror que la cafetera no se ha calentado. Quizá adolece de un defecto de fabricación o quizá yo olvidé accionar algún botón o clavija. Ante la perspectiva de que el primer cliente se vaya sin haber hecho su correspondiente consumición, opto por meterme el enchufe de la cafetera en las fosas nasales y transmitirle parte de mi carga energética por este conducto. La cafetera se funde, pero sale un café riquísimo.

08.35   Sirvo el café con leche al primer cliente. Con los nervios se me derrama la mitad. Todavía me cuelga de la nariz el cable eléctrico y me doy cuenta (demasiado tarde) de que en vez de leche he puesto Cucal en el café. Temperatura, 21 grados centígrados; humedad relativa, 50 por ciento; vientos flojos del nordeste; estado de la mar, rizada.

11.25   Mientras intento despegar del techo una tortilla de veintidós huevos, regresa al bar el señor Joaquín. Antes de que pueda percatarse de los desperfectos, le digo que yo repondré, de mi propio bolsillo, la cafetera, la nevera, el lavaplatos, el televisor, las lámparas y las sillas. Para animarle, le informo de que esta mañana la clientela ha sido numerosa. La caja, que él dejó vacía al irse, contiene ahora ocho pesetas. Quizá no di bien las vueltas. Pese a mis temores, el señor Joaquín reacciona con indiferencia, como si todo lo que le cuento no le interesara. Ni siquiera le sorprende encontrarme en el techo *sin* escalera. Entonces me doy cuenta de que ha vuelto al bar solo, esto es, sin la señora Mercedes. Me intereso por lo ocurrido.

11.35   El señor Joaquín *frunce el ceño* y me dice que han internado a la señora Mercedes en un hospital y que habrán de operarla mañana sin falta. Al parecer, se han presentado algunas complicaciones que exigen una intervención rápida. Mientras me refiere lo antedicho, vamos cerrando el bar.

11.55   Regreso a la ciudad en metro. Aunque todas las chicas que viajan en el metro están buenísimas, yo no me fijo en ellas, porque tengo el corazón en un puño.

12.20   Hasta la hora de comer, hago tiempo inspeccionando algunas obras que se llevan a cabo en solares céntricos. Parece ser que está de moda construir hacia abajo más que hacia arriba. Edificios de cinco o seis plantas sobre el nivel de la calle, cuentan con diez o quince plantas subterráneas, destinadas, casi siempre, a parking o pupilaje. De ambas modalidades, esta última, la denominada pupilaje, es de largo la más cara. Muchas familias acomodadas han de enfrentarse a una terrible disyuntiva: o enviar a los hijos a estudiar a los Estados Unidos o tener el coche a pupilaje. Esto no sucedía hace años, cuando no existían los automóviles, y menos aún cuando no existían ni los automóviles ni los Estados Unidos. En aquella época antigua, los edificios apenas si contaban con una planta subterránea, llamada sótano y destinada a bodega, despensa y mazmorra.

Sin embargo, las cosas no fueron siempre así. En una época muy anterior, de la cual no queda memoria en los archivos de la Tierra, todas las casas eran subterráneas. Los hombres primitivos que las construyeron imitaban en esto a los animales constructores, como los topos, los conejos, los tejones y los patos (de entonces), y como ningún animal de los mencionados sabía poner un ladrillo sobre otro, a los hombres, que no tenían más maestro que la Naturaleza, tampoco se les ocurría hacerlo. En aquella época había ciudades enteras que no afloraban ni un palmo sobre el nivel del suelo. Debajo estaban las casas, las calles, las plazas, los teatros y los templos. La celebérrima Babilonia (no la que aparece en las crónicas y en los libros de historia, sino otra anterior, situada cerca de donde hoy se encuentra Zurich) era totalmente subterránea, inclusive sus reputados jardines colgantes, concebidos y realizados por un arquitecto y horticultor llamado Abundio Greenthumb (más tarde deificado), que consiguió que los árboles y las plantas crecieran *hacia abajo*.

14.00   Llego al lugar donde ayer estaba la churrería y veo que ya no está. Desconcierto. Preguntando a unos y a otros doy con ella. Resulta que la churrería es, en realidad, un remolque habilitado como churrería. Una de las paredes laterales del remolque se abate por medio de unas bisagras y se transforma en mostrador. Tras el panel, dentro del remolque, figura la churrería propiamente dicha. Este sistema permite a su dueño instalar la churrería (con el debido permiso municipal) allí donde las expectativas de negocio son o parecen ser más halagüeñas. Así, los días laborables, a primera hora de la mañana, suele encontrársele en la parte alta de la Bonanova, donde la concentración de colegios es mayor y donde cuenta con una clientela fiel entre los alumnos, los acompañantes de los alumnos y el profesorado; a otras horas acude a otros lugares, como, por ejemplo, la puerta de la cárcel Modelo, donde le compran los abogados que visitan a sus clientes, los familiares de estos clientes, los guardias que vigilan a estos mismos clientes y algunos clientes que han logrado fugarse, o frente a la puerta de urgencias del Hospital Clínico (personal sanitario, heridos leves y enfermos de *poca* gravedad que desean acceder a la categoría de enfermos de *mucha* gravedad), o frente a la

Plaza de Toros Monumental (turistas y banderilleros locos), o frente al Palau de la Música Catalana (miembros de la Orquesta Ciutat de Barcelona, sección vientos), y así sucesivamente.

15.00   Regreso a casa. En la puerta del ascensor hay un letrero que dice: NO FUNCIONA. Se refiere sin duda al ascensor. Decido subir a pie.

15.02   Al pasar frente a la puerta del piso de mi vecina me detengo. En el interior suenan voces. Desmonto el timbre, me introduzco el cable eléctrico en las orejas y escucho. ¡Es ella! Al parecer, su hijo se muestra remiso a ingerir un plato de verdura. Ella le insta a comer diciéndole que si no come no crecerá ni será fuerte como Supermán; por si estos argumentos no bastan, añade que si no se traga toda la coliflor en menos de cinco minutos le partirá los dientes con el taburete de la cocina. Me avergüenzo de hollar de este modo la intimidad de su hogar, dejo los cables colgando de la caja y continúo subiendo las escaleras.

15.15   Me como los diez kilogramos de churros que he comprado. Me gustan tanto que, acabado el último, me como también el papel aceitado que los envolvía.

16.00   Tendido en la cama y con la vista clavada en el techo, del que cuelgan varias arañas grandes como melones, pienso en mi vecina. Por más que me devano los sesos (que no tengo), no doy con la forma idónea de abordarla. Llamar a su puerta e invitarla a cenar no me parece prudente ni oportuno. Tal vez la invitación debería ir precedida de un obsequio. En ningún caso debo enviarle dinero, pero, si a pesar de todo decidiera enviárselo, mejor en billetes de banco que en monedas. Las joyas presuponen una relación más formal. Un perfume es un regalo delicado, pero muy personal; se corre el riesgo de no acertar el gusto de la persona a la que se desea obsequiar. Laxantes, emulsivos, apósitos, vermicidas, antirreumáticos y demás productos farmacéuticos, excluidos. Es muy probable que le gusten las flores y los animales domésticos. Podría enviarle una rosa y dos docenas de dobermans.

17.20   Me asalta el temor de que mi vecina tome cualquier regalo procedente de mí como un *atrevimiento*. Intento exterminar las arañas con Cucal.

17.45   Necesito ropa. Salgo a la calle. Me compro unas bermudas. Me darían un aspecto desenfadado si no salieran por debajo las perneras de los calzoncillos de felpa, pero la verdad es que no puedo prescindir de ellos, pues, aunque el clima es casi veraniego (y con tendencia a un ligero aumento de las temperaturas), mi metabolismo se adapta mal al cuerpo humano. Tengo siempre los pies helados, al igual que las pantorrillas y los muslos; las rodillas, en cambio, me bullen, y lo mismo me sucede con uno de los glúteos (con el otro, no); y así sucesivamente. Lo peor es la cabeza, quizá debido a la intensa actividad intelectual a que la someto de continuo. Su temperatura sobrepasa a veces los 150 grados centígrados. Para paliar este calor llevo siempre un sombrero de copa, cuyo interior voy rellenando con cubitos de hielo que compro en las gasolineras, pero el remedio, por desgracia, es pasajero. En seguida el hielo se licua, el agua hierve y la chistera sale despedida con tal potencia que las primeras que tuve aún siguen en el aire (ahora he mejorado el sistema sujetando el ala de la chistera al cuello de la camisa con una goma resistente). También me he comprado tres camisas de manga corta (azul cobalto, amarilla, granate), unos mocasines de ante para llevar *sin* calcetines y un traje de baño floreado con el que me han asegurado que me haré el *amo* de todas las piscinas. Que Dios les oiga.

19.00   De vuelta a casa, me quedo pensando frente a la televisión. Urdo un plan para trabar contacto con mi vecina sin despertar *sus* sospechas respecto de *mis* intenciones. Ensayo frente al espejo.

20.30   Voy a casa de mi vecina, llamo quedamente a su puerta con los nudillos, me abre mi vecina en persona. Me disculpo por importunarla a estas horas y le digo (pero es mentira) que a medio cocinar me he dado cuenta de que no tengo ni un grano de *arroz*. ¿Tendría ella la amabilidad de prestarme una tacita de *arroz*, añado, que le devolveré sin falta mañana por la mañana, tan pronto abran Mercabarna (a las 5 de la mañana)? No faltaría más. Me da la tacita de *arroz* y me dice que no hace falta que le devuelva el *arroz*, ni mañana, ni nunca, que para estas emergencias están los vecinos. Le doy las gracias. Nos despedimos. Cierra la puerta. Subo corriendo a casa y tiro el *arroz* a la basura. El plan está funcionando mejor de lo que yo mismo había previsto.

20.35   Vuelvo a llamar a la puerta de mi vecina. Me abre ella personalmente. Le pido dos cucharadas de aceite.

20.39   Vuelvo a llamar a la puerta de mi vecina. Me abre ella personalmente. Le pido una cabeza de ajos.

20.42 Vuelvo a llamar a la puerta de mi vecina. Me abre ella personalmente. Le pido cuatro tomates pelados, sin pepitas.

20.44 Vuelvo a llamar a la puerta de mi vecina. Me abre ella personalmente. Le pido sal, pimienta, perejil, azafrán.

20.46 Vuelvo a llamar a la puerta de mi vecina. Me abre ella personalmente. Le pido doscientos gramos de alcachofas (ya hervidas), guisantes, judías tiernas.

20.47 Vuelvo a llamar a la puerta de mi vecina. Me abre ella personalmente. Le pido medio kilo de gambas peladas, cien gramos de rape, doscientos gramos de almejas vivas. Me da dos mil pelas y me dice que me vaya a cenar al restaurante y la deje en paz.

21.00 Tan deprimido que ni siquiera tengo ganas de comerme los doce kilos de churros que me he hecho traer por un mensajero. Sal de fruta Eno, pijama y dientes. Antes de acostarme entono las letanías a voz en cuello. Todavía sin noticias de Gurb.

DÍA 19

07.00 Hoy se cumple una semana (en el sistema decimal) de la desaparición de Gurb y la efeméride, unida a los demás reveses de fortuna que he sufrido últimamente, acaba de abatir mi ánimo. Para combatir la depresión me como los churros que dejé anoche y salgo de casa *sin* lavarme los dientes.

08.00 Me persono en la catedral con la intención de ofrecer un cirio a Santa Rita para que vuelva Gurb, pero al acercarme al altar, tropiezo y con el cirio prendo fuego al lienzo que lo cubre. El siniestro es sofocado fácilmente, pero no antes de que resulten fritas dos ocas del claustro. Mal presagio.

08.40 Saliendo de la catedral entro en un bar y desayuno (los churros de antes no cuentan) tortilla de atún, dos huevos fritos con morcilla, tasajo y berberechos. Para beber, cerveza (un tanque). Este piscolabis debería animarme, pero lejos de ello, su deglución me trae el recuerdo de la señora Mercedes, que a estas horas debe de estar siendo intervenida. Prometo ir a Montserrat a pie (sin desintegrarme) si sale con bien del trance.

09.00   Bajo paseando por las Ramblas, me meto por algunas calles laterales. En esta parte de la ciudad la gente es variopinta y bastaría su sola contemplación para saber que Barcelona es puerto de mar aunque no lo fuera. Aquí confluyen razas de todo el mundo (y también de otros mundos, si se me incluye a mí en el censo) y aquí se cruzan y descruzan los más variados destinos. Es el poso de la Historia el que ha formado este barrio y el que ahora lo nutre con sus polluelos, uno de los cuales, dicho sea de paso, acaba de chorizarme la cartera.

09.50   Continúo el paseo y las reflexiones a que éste me induce. Para pasar inadvertido, decido adoptar una constitución física de raza negra (pero con la fisonomía y la hechura de Luciano Pavarotti), mayoritaria en la zona. De todos los seres humanos, los llamados negros (porque lo son), parecen ser los mejor dotados: más altos, más fuertes y más ágiles que los blancos, e igual de tontos. Los blancos, sin embargo, no los tienen en alta estima, tal vez porque perdura en el subconsciente colectivo el recuerdo de un tiempo muy remoto, en el cual los negros fueron la raza dominante, y los blancos, la dominada. La riqueza del imperio negro provenía del cultivo de árboles frutales, cuya cosecha exportaban casi íntegramente al resto del mundo. Como las demás razas se dedicaban sólo a la caza, pues desconocían la agricultura y aun la pesca, su dieta era muy nociva y necesitaban desesperadamente de la fruta para reducir el nivel de colesterol. La opulencia y el poder del imperio negro duraron mientras duró el cultivo intensivo de las naranjas y las peras, los melocotones y los albaricoques. La decadencia empezó con el emperador Baltasar II, bisabuelo de aquel otro Baltasar, que viajó a Belén en compañía de Melchor y Gaspar. Baltasar II, apodado el Mentecato, hizo extirpar todos los frutales del imperio y dedicar la tierra fértil a la producción de mirra, un artículo que entonces, como ahora, tenía poca salida en el mercado.

11.00   Llego a una plaza formada por el derribo de varias manzanas. En el centro se yergue una palmera tiesa y peluda como un mal bicho. Numerosos ancianitos desecándose al sol, a la espera de que sus familiares vengan a buscarlos. Los pobres no saben que muchos de ellos nunca serán recogidos, pues sus familiares han partido de crucero a los fiordos noruegos. En algunos bancos todavía pueden verse los ancianitos abandonados el verano pasado, en avanzado estado de momificación, y los ancianitos abandonados hace quince días, en una fase de acomodación al medio menos golosa. Me siento junto a uno de estos últimos y leo el suplemento literario de un periódico de Madrid, que alguien, con idéntico criterio, ha dejado abandonado en el banco.

12.00   Invaden la plaza bandadas de niños recién salidos de los colegios. Juegan al aro, al diábolo y a la gallinita ciega. El verlos me entristece aún más. En mi planeta no existe lo que aquí se denomina la infancia. Al nacer, nos introducen en nuestros órganos cogitativos la dosis necesaria (y autorizada) de sabiduría, inteligencia y experiencia; pagando un suplemento, nos introducen también una enciclopedia, un atlas, un calendario perpetuo, un número indefinido de recetas de cocina de Simone Ortega y la guía Michelin (verde y roja) de nuestro amado planeta. Cuando alcanzamos la mayoría de edad, y previo examen, nos introducen el código de la circulación, las ordenanzas municipales y una selección de las mejores sentencias del tribunal constitucional. Pero infancia, lo que se dice infancia, no tenemos. Allí cada uno vive la vida que le corresponde (y punto) sin complicarse la suya ni complicar la de los demás. Los seres humanos, en cambio, a semejanza de los insectos, atraviesan por tres fases o etapas de desarrollo, si el tiempo se lo permite. A los que están en la primera etapa se les denomina niños; a los de la segunda, currantes, y a los de la tercera, jubilados. Los niños hacen lo que se les manda; los currantes, también, pero son retribuidos por ello; los jubilados también perciben unos emolumentos, pero no se les deja hacer nada, porque su pulso no es firme y suelen dejar caer las cosas de las manos, salvo el bastón y el periódico. Los niños sirven para muy poca cosa. Antiguamente se los utilizaba para sacar carbón de las minas, pero el progreso ha dado al traste con esta función. Ahora salen por la televisión, a media tarde, saltando, vociferando y hablando una jerigonza absurda. Entre los seres humanos, como entre nosotros, se da también una cuarta etapa o condición, no retribuida, que es la de fiambre, y de la que más vale no hablar.

14.00 La contemplación de los niños y los viejos y la reflexión sobre mi propia existencia me han acongojado. Vierto copiosas lágrimas. Como mi naturaleza humana, según he dicho antes, es de quita y pon, no dispongo de glándulas que reemplacen lo que gasto o lo que expulso, de modo que el llanto, la transpiración y una caquita que se me ha escapado hace un rato han reducido considerablemente mi complexión. Ahora mi estatura apenas rebasa los 40 centímetros. Salto del banco al suelo y corro entre las piernas de los transeúntes hasta encontrar un portal seguro y discreto donde recomponerme.

14.30   Decido adoptar la apariencia de Manuel Vázquez Montalbán y me voy a comer a Casa Leopoldo,

16.30   Vuelvo a casa. Llamo por teléfono al bar de la señora Mercedes y el señor Joaquín para preguntar al señor Joaquín cómo ha ido la operación de la señora Mercedes. Contesta un individuo que dice ser un amigo del señor Joaquín, a quien sustituye en el bar mientras el señor Joaquín cumple la función (no retribuida) de acompañante de la señora Mercedes en el hospital donde ésta ha sido operada esta mañana. Le agradezco la información y cuelgo.

16.33   Vuelvo a llamar al bar y pregunto al individuo que cumple las funciones del señor Joaquín (en el bar) si la operación ha ido bien. Sí. La operación ha ido bien y el resultado ha sido calificado de satisfactorio por los facultativos. Le agradezco la información y cuelgo.

16.36   Vuelvo a llamar al bar y pregunto al individuo que cumple las funciones del señor Joaquín (en el bar) si se puede visitar a la señora Mercedes en el hospital donde convalece. Sí. A partir de mañana, de 10.00 a 13.00 y de 16.00 a 20.00 horas. Le agradezco la información y cuelgo.

16.39   Vuelvo a llamar al bar y pregunto al individuo que cumple las funciones del señor Joaquín (en el bar) en qué hospital se encuentra la señora Mercedes. En el hospital de Santa Tecla, sito en el barrio de Horta. Le agradezco la información y cuelgo.

16.42   Vuelvo a llamar al bar y pregunto al individuo que cumple las funciones del señor Joaquín (en el bar) si al hospital de Santa Tecla se puede ir en bicicleta. Me cuelga el teléfono antes de que yo tenga tiempo de agradecerle la información y él de dármela. Temperatura, 26 grados centígrados; humedad relativa, 74 por ciento; vientos flojos; estado de la mar, llana.

17.00   Me tumbo a dormir una siestecita en el sofá, pero el calor aprieta y se me pega la ropa al cuerpo. Agrava la cosa el hecho de que el sofá esté tapizado de material plástico y que el contenido de los cojines sea también de material plástico, al igual que los muelles, las patas y todos los demás muebles y objetos de mi casa. La alternativa, esto es, productos de origen vegetal, como la madera y el algodón, o incluso *animal*, como la lana y la piel, me producen tal asco que sólo de pensarlo me dan arcadas. Me introduzco un zapato en la garganta y así evito devolver un condumio exquisito y ya pagado.

17.10   Como no puedo dormir por culpa del calor, decido adoptar la apariencia del Mahatma Gandhi, lo cual me proporciona un atuendo cómodo y muy fresco y, de paso, un paraguas, que nunca viene mal en esta época del año.

17.50   Sueño agitado. Despierto convulso, bañado en sudor. Siento la imperiosa necesidad de comer churros o, en su defecto, de ver a mi vecina.

18.00   Abro sigilosamente la puerta de mi piso. Oteo la escalera. Nadie. Salgo al rellano. Cierro sigilosamente la puerta de mi piso.

18.01   Subo sigilosamente la escalera. Nadie me ha visto. Me detengo sigilosamente ante la puerta del piso de mi vecina.

18.02   Aplico sigilosamente las dos orejas a la puerta del piso de mi vecina. No se oye nada.

18.03   Examino sigilosamente la cerradura de la puerta del piso de mi vecina. Por fortuna, se trata de una cerradura de las llamadas de máxima seguridad (con las normales no hay quien pueda) y la extraigo sin ningún problema. La puerta se abre sigilosamente. ¡Qué emoción!

18.04   Entro sigilosamente en el piso de mi vecina. Cierro la puerta a mis espaldas y coloco de nuevo la cerradura en su lugar. El recibidor está amueblado con sencillez, pero con buen gusto. Dejo el paraguas en el paragüero.

18.05   Paso sigilosamente a la pieza contigua que, según deduzco, hace las funciones de sala de estar. Es posible que *sea* la sala de estar. Aunque el piso es idéntico al mío, la distribución de las habitaciones es distinta por completo, porque también lo son mis costumbres y mis necesidades. Más vale no entrar en detalles.

18.07   Examino sigilosamente el salón. Está amueblado con gusto exquisito. Me siento en el sofá, cruzo las piernas: es elegante y cómodo. Me siento en una butaca de cuero y cruzo las piernas: es elegante y cómoda. Me siento en una butaca tapizada de lana. Antes de que pueda cruzar las piernas, la butaca me muerde la pantorrilla. Error de apreciación: no era una butaca, sino un mastín, que dormía hecho un ovillo.

18.09   Recorro el resto de la casa a gran velocidad perseguido por el mastín. Decido abandonar todo sigilo.

18.14   Consigo ponerme a salvo de las fauces del mastín subiéndome al techo. El mastín se queda debajo de mí, a la espera de que me caiga. Ladra de un modo grosero y al hacerlo muestra unos colmillos que parecen plátanos. Si fuera una butaca, como yo creía, ya daría miedo. ¡Cuánto más tratándose de un mastín!

19.15   Llevo una hora en el techo y el mastín no parece cansado ni aburrido. He tratado de hipnotizarlo, pero su cerebro es tan simple que apenas existe diferencia entre el estado de vigilia y el de letargo. A duras penas he conseguido que se volviera bizco, con lo cual su expresión ha dejado de ser sangrienta, pero se ha vuelto feísimo.

20.15   Llevo dos horas en el techo y este malparido no depone su actitud. A la larga acabará hartándose y se irá a dormir, pero me inquieta la posibilidad de que antes de que esto suceda regrese mi vecina y se encuentre un hindú pegado al techo.

20.30   Un análisis fisiológico del perro me revela ser éste animal de muy simple estructura molecular. Tal vez en ello estribe la solución del caso.

20.32   Ya está. Con una breve y sencilla manipulación convierto al mastín en cuatro pequineses y aún me sobra material para un hámster. Bajo del techo y me deshago de los pequineses a puntapiés.

20.40   He de apresurarme si quiero inspeccionar el piso de mi vecina antes de que ella regrese. O de que regrese su hijo. Es raro que éste aún no haya vuelto del colegio. A lo mejor lo han castigado por imbécil.

21.00   Doy por concluida la inspección. Éstos son los datos que he podido reunir sobre mi vecina: nombre: Antonio Fernández Calvo; edad: 56 años; sexo: varón; estado civil: viudo; profesión: agente de seguros.

21.05   Deduzco que me he equivocado de piso. Salgo sigilosamente, coloco de nuevo la cerradura en la puerta, regreso sigilosamente a mi piso.

21.30   Más depre que nunca. Ni siquiera la perspectiva de los churros que acaba de traerme la portera me alegra. Decido jugar una partida de ajedrez en solitario. Sólo se me ocurre esta jugada: P4R. En realidad, nunca he sido muy aficionado a este tipo de juegos. Gurb, en cambio, era muy aficionado. A veces jugábamos partidas de ajedrez interminables, en las que siempre acababa haciéndome lo que él denominaba *el mate del pastor*. Me entrego a la nostalgia mientras me como los churros de cinco en cinco.

22.00   Me pongo el pijama. Un día de éstos tendré que lavarlo. Me meto en la cama y leo *Deliciosamente boba*, una comedia satírica en tres actos y cinco cuadros. Una mujer siempre se sale con la suya si sabe aplicarse el colorete *donde debe*. Quizá no he entendido bien el argumento. Estoy un poco distraído por las emociones del día. Rezo mis oraciones y me duermo. Todavía sin noticias de Gurb.

01.30   Me despierta un ruido tremebundo. Hace millones de años (o más) la Tierra se formó a base de horrorosos cataclismos: los océanos embravecidos arrasaban las costas, sepultaban islas mientras cordilleras gigantescas se venían abajo y volcanes en erupción engendraban nuevas montañas; seísmos desplazaban continentes. Para recordar este fenómeno, el Ayuntamiento envía todas las noches unos aparatos, denominados camiones de recogida de basuras, que reproducen bajo las ventanas de los ciudadanos aquel fragor telúrico. Me levanto, hago pis, bebo un vasito de agua y me vuelvo a dormir.

DÍA 20

07.00   Me peso en la báscula del cuarto de baño. 3 kilos, 800 gramos. Si tenemos en cuenta que soy intelecto puro, es una barbaridad. Decido hacer ejercicio cada mañana.

07.30   Salgo a la calle dispuesto a correr seis millas. Mañana, siete; pasado, ocho, y así sucesivamente.

07.32   Paso por delante de una panadería. Me compro una coca de piñones y me la voy comiendo mientras regreso a casa. Que corra otro.

07.35   Al entrar en el edificio encuentro a la portera barriendo el portal. Inicio con la portera una conversación aparentemente trivial, pero cargada de malévolas intenciones de mi parte. Hablamos del tiempo. Lo encontramos un poco caluroso.

07.40   Hablamos de lo mal que está el tráfico. Hacemos hincapié en lo ruidosas que son las motos.

07.50   Hablamos de lo caro que está todo. Comparamos los precios de hoy con los de antaño.

08.10   Hablamos de la juventud. Condenamos su falta de entusiasmo por las cosas.

08.25   Hablamos de la droga. Pedimos la pena de muerte para quien la vende y para quien la compra.

08.50   Hablamos de los vecinos del inmueble (¡caliente!, ¡caliente!).

09.00   Hablamos de Leibniz y del nuevo sistema de la naturaleza y de la comunicación de las sustancias (¡frío!, ¡frío!).

09.30   Hablamos de mi vecina (¡ya era hora, coño!). La portera dice que ella (mi vecina) es buena persona y que paga religiosamente a la comunidad de vecinos la cuota trimestral que le corresponde, pero que no asiste (mi vecina) a las reuniones de vecinos con la asiduidad que debería. Le pregunto si está casada (mi vecina) y me responde (la portera) que no. Pregunto si debo inferir de ello que (mi vecina) tuvo el hijo fuera del vínculo. No: estuvo casada (mi vecina) con un *fulano* que no servía para nada, según ella (la portera), del cual se separó (mi vecina) hará cosa de un par de años. Él (*fulano*) se hace cargo del niño (de mi vecina, y también del *fulano*) los fines de semana. El juez le condenó (al *fulano*) a pasarle (a mi vecina) un dinero al mes, pero a ella (a la portera) le parece que no lo hace (el *fulano*), al menos, no con la asiduidad que debería. A ella (a mi vecina), añade (la portera) no se le conocen novios, ni siquiera acompañantes ocasionales. Seguramente quedó escarmentada (mi vecina), opina ella (la portera). Aunque esto, en el fondo, le trae sin cuidado (a la portera), agrega (la portera).

Por ella (por la portera), que cada cual se lo monte como quiera, mientras no haya escándalo. Eso sí, dentro de su casa (de la casa de mi vecina). Y sin hacer ruido. Y no más tarde de las once, que es cuando ella (la portera) se va a dormir. Le quito la escoba y se la rompo en la cabeza.

10.30   Subo a mi piso. Decido adoptar la apariencia D'Alembert y visitar a la señora Mercedes en el hospital donde se repone, si Dios quiere, de la operación a que fue sometida.

10.50   Me persono en el hospital. Es un edificio algo feo y muy poco acogedor. Sin embargo, la gente acude a él en muchedumbre, y algunos hasta se dan buena prisa por llegar.

10.52   En el mostrador que hay en el vestíbulo para informar a los visitantes pregunto en qué habitación se encuentran la señora Mercedes y su acompañante, el señor Joaquín. Ambos se encuentran en la habitación 602.

10.55   Deambulo por el sexto piso en busca de la habitación 602.

10.59   Doy con la habitación 602, toco con los nudillos y la voz del señor Joaquín me autoriza a pasar. Así lo hago.

11.00   La señora Mercedes está acostada, pero despierta y con buen aspecto. Me intereso por su salud y me informa de que se encuentra débil, pero animada. Esta mañana se ha tomado un tazón de manzanilla, me dice. Le doy el regalo que le he traído: un tren eléctrico. Le digo que si mañana sigue con vida, le traeré el desvío y el paso a nivel.

11.07   El señor Joaquín, que ha pasado mala noche, está alicaído. Afirma que tanto él como su esposa, la señora Mercedes, están llegando a una edad en la cual conviene tomarse las cosas *con calma*. El arrechucho de la señora Mercedes ha sido un aviso, dice. Durante la noche ha estado reflexionando, dice, y ha pensado que tal vez deberían dedicar los años de vida que aún les queden a descansar, a viajar y a darse algunos gustos. También ha pensado, agrega, que tal vez haya llegado la hora de traspasar el bar. El negocio es próspero, pero da muchos quebraderos de cabeza y necesita una persona joven al frente (del negocio), dice. También ha pensado, agrega, que tal vez a mí podría interesarme el bar. El señor Joaquín ha creído advertir que estoy dotado para la hostelería y que el trabajo me gusta.

11.10   Pese a su debilidad, la señora Mercedes afirma estar de acuerdo en lo que acaba de decir su marido. Ambos desean saber qué opino yo al respecto.

11.12   Mi primera reacción es favorable. Me considero capacitado para regentar un bar e incluso creo que podría aportar al negocio algunas ideas innovadoras y hasta audaces. Por ejemplo, creo que se podría ampliar el local comprando el inmueble colindante (la fábrica de automóviles Volkswagen) e instalar allí una churrería. El señor Joaquín me interrumpe para decir que no debo precipitarme. En realidad, dice, se trataba tan sólo de una idea. Hay que dejarla madurar, agrega. Por ahora, añade, lo mejor será que me vaya, porque la operación de la señora Mercedes ha sido *un palo* para la señora Mercedes. Le conviene descansar. Me voy, no sin prometer a ambos que mañana volveré para seguir perfilando el tema.

11.30   Deambulo por el hospital perdido en mis propias reflexiones y también perdido, a secas. La proposición del señor Joaquín me ha sumido en un *mar de confusiones*. Ahora, pasado el entusiasmo inicial y sopesando el asunto con frialdad, comprendo que mi primera reacción ha sido optimista en exceso. Es evidente que *no puedo* quedarme con el bar. La posibilidad de arrendar o comprar un bar con fines de explotación (lucrativa) ni siquiera figura en el pliego de órdenes que nos fue dado al inicio de nuestra misión espacial. Cierto es que tampoco había una prohibición taxativa al respecto. Habría que hacer una *consulta*. Temperatura, 26 grados centígrados; humedad relativa, 70 por ciento; vientos suaves del sudeste; estado de la mar, marejadilla.

12.30   Continúo deambulando por el hospital sin encontrar salida a mis tribulaciones. En cambio, encuentro la cafetería del hospital. Decido hacer un alto y comer algo, aunque sea un poco temprano. Siempre se piensa mejor con el estómago lleno, dicen los que tienen estómago.

12.31   La cafetería está vacía. Por suerte, el mostrador está bien surtido y el sistema de self-service, que impera, me encanta, porque me permite comer como a mí me gusta sin tener que dar explicaciones a nadie. Si a mí se me antoja mojar los pimientos de Padrón en el café con leche, ¿qué pasa?, ¿eh?

13.00   Cuanto más como y más medito, más descabellada encuentro la idea de establecerme en la Tierra. Ante todo, eso supondría abandonar la misión que nos fue encomendada a Gurb (desaparecido) y a mí. Sería una verdadera *traición*. El argumento, sin embargo, es de poco peso, porque, en definitiva, todo se reduce a una cuestión de principios y yo me paso los principios por un lugar que los humanos denominan partes. Más peso tiene, en cambio, el argumento fisiológico. Ignoro cuánto tiempo puede resistir mi organismo las condiciones de vida de este planeta tan cutre. No sé qué tipo de peligros me amenaza(n). Ni siquiera sé si mi presencia aquí constituye o no un peligro para los humanos. Está demostrado que mi peculiar constitución y la carga energética que llevo encima causan problemas allí donde voy. No puede ser casual que el ascensor de mi casa esté siempre averiado o que los programas de televisión empiecen con retraso cuando yo quiero verlos (o grabarlos). Ahora mismo, cuando deambulaba por los pasillos del hospital, he oído una conversación que me ha alarmado. Un médico le decía a la enfermera, con el *ceño fruncido*, que los aparatos del hospital *parecían haberse vuelto locos* esta mañana. Al parecer, los enfermos de la UVI estaban bailando la lambada y en la pantalla del scanner salía Luis Mariano cantando *Maitechu mía*. Estos fenómenos inexplicables, ha agregado el médico del *ceño fruncido*, habían empezado a producirse a las 10.50. Como si a esa hora, ha acabado diciendo, hubiese entrado *un marciano* en el hospital. Me ha ofendido que alguien pudiera confundirme con uno de esos cursis, que sólo saben jugar al golf y hablar mal del servicio, pero me he guardado mucho de manifestar mi enojo.

Siempre cabe la posibilidad de modificar mi fisiología, adaptándola a la estructura molecular de los seres humanos. Si me decidiese a hacerlo, tendría que elegir el modelo cuidadosamente, porque el proceso sería irreversible. La decisión es tremenda. ¿Qué pasaría si, después de efectuada la mutación, descubriese que no soy feliz? ¿Qué sería de mí si el asunto con mi vecina acaba como el *rosario de la aurora*? ¿Seré capaz de superar la nostalgia de mi antigua patria? ¿Cuál será la coyuntura económica después del 92? Demasiadas incógnitas. ¡Si al menos tuviera a alguien a quien confiar mis cuitas!

13.30   Decido marcharme de la cafetería. Cuando intento pagar la comida descubro que la cafetería no era un self-service. En realidad, el lugar donde he estado comiendo *no era* una cafetería. Salgo sin ser visto.

14.15   Me siento a reflexionar en un banco de la plaza Cataluña. No me cabe duda de que lo único razonable sería dar por concluida la misión y regresar. No sé si los objetivos de la misión se han cumplido, pero, en el fondo, lo mismo da. Al fin y al cabo, nadie va a leer el informe. El problema estriba en que no puedo regresar *solo*. La nave continúa rota y yo no la sé arreglar. Aunque se arreglara ella sola, tampoco la sabría poner en marcha; y menos aún conducirla. Estas naves están hechas para ser tripuladas por *dos* entes. De este modo se evita que algún ente vivales use las naves para sus propios fines, como ligar o hacer el taxi. Podría pedir auxilio a la Estación de Enlace AF, en la constelación de Antares, pero eso serviría de poco. Aun cuando enviaran en mi ayuda otra nave, esa otra nave iría tripulada por dos entes y si uno de ellos se viniera conmigo, ¿cómo haría el otro para regresar?

15.00   Decido abandonar la reflexión y la plaza Cataluña, porque las palomas me han cubierto de excremento de la cabeza a los pies y los japoneses me hacen fotos creyendo que soy un monumento nacional.

15.45   En casa. El piso es caluroso, sobre todo a esta hora. Instalaría aire acondicionado, si no fuera porque los aparatos producen una vibración que acaba con mis articulaciones. Lo mismo ocurre con la nevera: pasa ratos tranquila, pero de pronto, sin previo aviso, le entra un dengue que me saca de quicio. Ayer, sin ir más lejos, con sólo poner en marcha el minipimer, me rompí el fémur en tres trozos. Menos mal que tengo piezas de repuesto. El ventilador es más soportable, pero cuando está en marcha me mareo, porque no puedo apartar los ojos de las aspas. En fin de cuentas, lo mejor es prescindir de los aparatos e irse despelotando a medida que aumenta la temperatura. Me quedo en camiseta y calcetines.

17.00   No hay en todo el Universo chapuza más grande ni trasto peor hecho que el cuerpo humano. Sólo las orejas, pegadas al cráneo de cualquier modo, ya bastarían para descalificarlo. Los pies son ridículos; las tripas, asquerosas. Todas las calaveras tienen una cara de risa que no viene a cuento. De todo ello los seres humanos sólo son culpables hasta cierto punto. La verdad es que tuvieron mala suerte con la *evolución*.

18.00   Salgo a dar una vuelta. Las calles están más animadas de lo habitual, porque, con la llegada del calor, el buen ciudadano se apresura a ocupar su lugar en las terrazas que los bares habilitan entre cubos de basura. Allí el buen ciudadano se ensordece, contamina e intoxica, paga lo que debe y vuelve a casa. Animado por su ejemplo, me compro un helado de cucurucho. Como es la primera vez que veo semejante producto, me como primero la galleta. Luego no sé qué hacer con la bola en las manos, me armo un lío, me pongo perdido y acabo tirando lo que queda de helado a una papelera.

18.40   Cuando regreso de mi paseo, veo a lo lejos a mi vecina. Un encuentro verdaderamente providencial. Evito que ella me vea por razones de buena crianza, pero tomo la firme decisión de aclarar *lo nuestro* hoy mismo. En la papelería compro recado de escribir; en el estanco, sellos. Temperatura, 28 grados centígrados; humedad relativa, 79 por ciento; viento encalmado; estado de la mar, llana.

19.00   Me encierro en casa, me lavo los dientes y dispongo sobre la mesa lo necesario para escribir una carta: una resma de papel, falsilla, tintero, plumilla, mango, papel secante, un boli (de refuerzo), el María Moliner, un manual de correspondencia (amorosa y mercantil), el refranero, la antología de la poesía española de Sáinz de Robles y el libro de estilo de *El País*.

19.45   «Mi adorable vecina:
      Soy joven y de aspecto agraciado; romántico y cariñoso. Tengo una buena posición económica y soy muy serio para las cosas serias (pero me gusta divertirme). Me encanta (además de los churros) viajar en metro, lustrarme los zapatos, mirar escaparates, escupir lejos y las chicas. Aborrezco la verdura en todas sus manifestaciones, lavarme los dientes, escribir postales y oír la radio. Creo que podría ser

un buen marido (llegado el caso) y un buen padre (tengo mucha paciencia con los niños). ¿Te gustaría conocerme mejor? Te espero a las 9.30. Habrá comida (gratuita) y bebidas. Hablaremos de lo que te he dicho y de otros asuntillos, ji, ji. R. S. V. P. Estoy por tus huesos.»

19.55   Releo lo escrito. Rompo la carta.

20.55   «Querida vecina:
Ya que vivimos en el mismo edificio, he pensado que sería bueno que nos conociéramos mejor. Ven a las 9.30. Prepararé algo de comer y comentaremos algunas cuestiones relacionadas con el inmueble (y otras no). Un cordial saludo, tu vecino.»

21.05   Releo lo escrito. Rompo la carta.

21.20   «Estimada vecina:
Tengo unas cosas en la nevera que se están echando a perder. ¿Por qué no vienes y nos las acabamos? De paso, hablaremos del inmueble y de sus reparaciones (nuevo motor del ascensor, restauración de la fachada, etc.). Te espero a las 10. Atentamente, un vecino.»

21.30   Releo lo escrito. Rompo la carta.

22.00   «Tengo la casa llena de grietas…»

22.20   «Tengo comida agusanada…»

23.00   Ceno solo en el restaurante chino de la esquina. Puesto que soy el único comensal, el dueño del establecimiento se sienta a mi mesa y me da conversación. Se llama Pilarín Kao (lo bautizó un misionero desaprensivo) y es natural de Kiang-Si. De niño emigró a San Francisco, pero se equivocó de barco y llegó a Barcelona. Como no ha aprendido el alfabeto latino, todavía no se ha percatado de su error, ni yo hago nada por sacarle de él. Se ha casado y tiene cuatro hijos: Pilarín (el primogénito), Chiang, Wong y Sergi. Trabaja de sol a sol, de lunes a sábado. El domingo es su día de asueto y lo dedica a buscar el Golden Gate (en vano) en compañía de toda su familia. Me dice que su ilusión es volver a China; que para eso trabaja y ahorra. Me pregunta a qué me dedico yo. Para no liarle, le digo que soy cantante de boleros. Ah, a él le gustan mucho los boleros, dice, porque le recuerdan a Kiang-Si, su añorada patria. Me invita a una copita de aguardiente chino, que él mismo fabrica destilando lo que la clientela se deja en los platos. Es un líquido de color marrón, algo espeso, de sabor indefinible, pero muy aromático.

00.00   Cantamos *Bésame mucho*. Otra copita.

00.05   Cantamos *Cuando estoy contigo*. Otra copita.

00.10   Cantamos *Tú me acostumbraste*. Otra copita.

00.15   Nos hacemos coletas de fideos, cantamos *Anoche hablé con la luna* y salimos en busca del Golden Gate. Para animar la travesía, me llevo la botella.

00.30   Bajamos por la calle Balmes cantando *De nuevo frente a frente* y preguntando a todo el mundo si alguien ha visto un puente colgante. ¡Qué risa!

00.50   Nos sentamos a la puerta del Banco Atlántico y cantamos *Cuidado con tus mentiras.* Lloramos.

01.20   Nos sentamos en las escaleras de la catedral y cantamos *Permíteme aplaudir por la forma de herir mis sentimientos.* Lloramos.

01.40   Nos estiramos en el suelo de la plaza de San Felipe Neri y cantamos *Más daño me hizo tu amor.* Lloramos.

02.00   Damos vueltas a la Sagrada Familia cantando a voz en cuello. El Golden Gate no aparece por ninguna parte, pero a la tercera vuelta se asoma Subirachs a un ventanuco a ver qué pasa. Le cantamos *Voy a apagar la luz para pensar en ti.*

02.20   Paramos un taxi, subimos y le decimos al taxista que nos lleve a China. En el taxi cantamos *Se me olvidó que te olvidé.*

02.30   El taxista nos deposita en la puerta de la comisaría y encima nos cobra la carrera. No le damos ni un real de propina.

02.55   Amonestado por la autoridad, regreso a casa. Subo las escaleras a cuatro patas. Quiera Dios que mi vecina no me vea en esta condición tan degradada.

03.10   Todo me da vueltas. Mascullo unas oraciones y me meto en la cama. Todavía sin noticias de Gurb.

DÍA 21

09.20   Me despierto embargado por una extraña sensación. Tardo un rato en recordar lo ocurrido ayer noche. La evocación de los hechos me permite entender el origen de la jaqueca y las náuseas, pero no el de la inquietud que me invade. Por más que hago memoria, no recuerdo en qué momento saqué la cama al balcón. Tampoco recuerdo haber comprado estas sábanas con estampados salaces. Ahuyento las palomas que se arrullan sobre la colcha y me levanto.

09.30   En el botiquín no hay sal de fruta; en su lugar hay una botella de pipermín. ¿Me estaré volviendo majareta? Me lo tengo merecido por crápula.

09.40   Llaman a la puerta. Abro. Es un mozo con un paquete. En el paquete, doce trajes de lino de Toni Miró, que, según reza el albarán, yo mismo me hice ayer. No sé a qué se refiere, pero no me siento con fuerzas para discutir. Pago y se va.

09.50   Llaman a la puerta. Abro. Es un mozo con una caja. En la caja, cinco kilos de caviar beluga y doce botellas de champán Krugg, que, según reza el albarán, yo mismo compré ayer en Semon. Ni idea. Pago y se va.

10.00   Llaman a la puerta. Abro. Son unos operarios que vienen a instalar el jacuzzi que yo mismo encargué ayer. Los dejo, soplete en mano, destruyendo tabiques.

10.05   Salgo del piso algo aturdido. Bajo las escaleras con paso inseguro. Para no sufrir un accidente, opto por bajar sentado, dejándome resbalar de escalón en escalón. Cuando paso frente a la puerta de mi vecina, acelero para no ser sorprendido en esta pose vejatoria.

10.12   En el portal me aguarda la portera con el *ceño fruncido*. Intento esquivarla, pero se interpone. Me dice que *esto* no puede seguir así; que ella es muy liberal, pero con el buen nombre del edificio no transige, que a ver qué escándalo es *éste*. Si quiero arruinar mi salud, dilapidar mi hacienda y pisotear mi buen nombre, es asunto mío, pero *lo otro* es algo que atañe a todo el vecindario, y *eso* sí que no. Acto seguido me rompe la escoba (nueva) en la cabeza.

10.23   Subo al autobús. El conductor del autobús me ordena apearme. Mientras él sea conductor, declara, en su autobús no suben tipejos de mi calaña.

11.36   Después de una caminata considerable, llego al hospital donde sigue internada la señora Mercedes. Antes de entrar, unos enfermeros provistos de mangueras me fumigan de la cabeza a los pies. Me pregunto qué estará pasando aquí.

11.40   En la habitación 602 encuentro a la señora Mercedes muy mejorada de aspecto con respecto al día de ayer. El señor Joaquín parece haber recobrado el optimismo. Al verme, sin embargo, el señor Joaquín *frunce el ceño*. Me dice que, pase lo que pase, puedo contar con él; que tanto él como su esposa, la señora Mercedes, me profesan sincero afecto y que ambos están convencidos de que, en el fondo, soy una buena persona, aunque a veces cometa locuras. Después de todo, dice, ¿quién no tiene algo que reprocharse? Como no sé qué responder a sus palabras, le hago entrega del regalo que le traía a la señora Mercedes (una máscara mortuoria de Oliver Hardy) y me dirijo a la puerta de la habitación con el propósito de salir por ella. Antes de hacerlo, la señora Mercedes me llama. Acudo. Me arrodillo a los pies de la cama y ella me besa la frente mientras gruesas lágrimas surcan sus mejillas pálidas y arrugadas. Parecemos *Ciencia y caridad II*.

11.59   Salgo de nuevo a la calle. Unos niños me arrojan bosta de hipopótamo que han ido a buscar expresamente al zoo para la ocasión. Y yo sin desayunar.

12.30   Como ningún taxi se para por más que haga aspavientos, llego a casa reventado de andar. No hay duda de que soy un réprobo, pero todavía ignoro qué he hecho para merecer la repulsa general. El churrero no ha querido despacharme y hasta Prenafeta me ha negado el saludo.

12.35   Entro en mi piso. Los operarios se han ido, pero han dejado instalado el jacuzzi, una sauna, una pista de baile, una piscina climatizada, dos barras americanas, un nautilus, una sala de juego y un fumadero de opio. ¡Y todo en un piso de 60 metros cuadrados!

12.45   Me siento en el trampolín a reflexionar sobre lo que está pasando. O hay una conspiración contra mí en la que participan todos los habitantes de esta distinguida ciudad, o yo actúo de una manera reprensible sin tener conciencia de ello. Puesto que lo primero es inimaginable, debo inclinarme por lo segundo. En tal caso, y en vista de la rectitud con que siempre he sabido conducirme, debo inferir que existe en la Tierra un miasma que me afecta. O, por lo menos, en Barcelona. Quizá debería irme a Huesca, a ver qué tal me porto allí. También es posible que se me estén apolillando los circuitos.

13.30   Un susurro me saca de mi abstracción. Alguien ha deslizado un sobre por debajo de la puerta. El sobre no lleva remitente. Dentro hay una sola hoja impresa, cuyo contenido es del siguiente tenor literal:

Hola, titi. ¿Quieres pasarlo chupi guay?

Pues, si eres solvente, ven a vernos.

Máximo confort y discreción.

Ambiente selecto. Venta y alquiler de vídeos.

Carretera de Pedralbes, s/n (a 5 minutos de Up & Down).

13.45   Releo el mensaje una y otra vez. No sé quién me lo envía, pero estoy convencido de que aquí se encuentra la clave del misterio. Tampoco me cabe duda respecto de lo que debo hacer.

14.05   Comienzo los ejercicios de preparación física y

espiritual a que debe someterse todo guerrero espacial antes del combate. Postura del tigre: arqueo la espalda, flexiono las piernas, hincho el tórax, doblo los brazos. ¡Músculos de acero!

14.06   Pinzamiento.

14.24   Bien untado de linimento Sloan, prosigo la preparación física y espiritual a que debe someterse todo guerrero espacial antes del combate. Pongo la mente en blanco.

15.50   Vaya por Dios, me he dormido como un ceporro. Decido dar por concluida la preparación física y espiritual a que debe someterse todo guerrero espacial antes del combate. Recaliento los churros que me sobraron anteayer y me los como mirándome fijamente al espejo.

16.30   Para introducirme en los ambientes a los que llevan mis pasos (y mi voluntad inquebrantable), decido adoptar la apariencia de Gilbert Bécaud vestido de ninja. Salgo a la calle sembrando admiración y espanto.

17.00   Con fines didácticos, me meto en un multicine a ver la última película de Arnold Schwarzenegger. Me sorprende (con agrado) advertir que la película ha sido financiada por la Generalitat de Catalunya y que transcurre íntegramente en Sant Llorenç de Morunys. No excluyo la posibilidad de que me haya equivocado de sala.

19.00   Salgo del cine. Me dirijo a una tienda de automóviles. Al vendedor que me atiende le explico lo que busco, a saber, un Aston Martin blanco, dotado de un mecanismo adicional, mediante el cual el vehículo suelta una andanada de tachuelas por la parte posterior, evitando así que los perseguidores (del vehículo) le den alcance (a éste). El vendedor me responde que el modelo que busco está pedido, pero aún no ha llegado. Por el mismo precio me vende un SEAT 850 furgoneta, que también anda echando tornillos y roscas por el tubo de escape.

20.04   En la calle Tuset me cruzo con el viático. Lo acompaño tres manzanas entonando el *Pange lingua.*

21.00   Listo para entrar en acción. Me siento al volante. Cinturón de seguridad. Casco. Gafas oscuras de Jean-Pierre Gaultier. Foulard de Gianfranco Ferré. Casete de Prince. Pegatinas de Marlboro. Y... ¡rumble!, ¡rumble!

21.05   La Diagonal cortada por obras. Desvío hacia la carretera de Esplugas.

21.10   Carretera de Esplugas cortada por obras. Desvío hacia Molins de Rey.

21.20   Acceso a Molins de Rey cortado por obras. Desvío hacia la autopista de Tarragona.

22.20   Visito el Arco de Bará, la Torre de los Escipiones, el Museo Arqueológico y la catedral (bello retablo de Lluís Borrassà).

23.00   Emprendo el regreso vía Teruel y Soria.

01.40   Detengo el coche ante una discreta puerta metálica protegida por dos empleados de una agencia privada de seguridad, dos guardias civiles, dos mossos d'esquadra, dos geos, dos representantes de ICONA y un destacamento de la división acorazada Brunete. Se echa de ver que el local es exclusivo (y excluyente).

01.41   Lanzo al aire las llaves del coche, que son recogidas hábilmente por el aparcador.

01.42   El portero me indica por señas que le muestre el carnet. Le muestro el DNI, el carnet de conducir, el de la Biblioteca de Catalunya, el del videoclub de la calle Vergara y el de las congregaciones marianas. Ninguno sirve.

01.43   El aparcador me devuelve las llaves del coche y se excusa diciendo que sólo les tiene tomadas las medidas a los BMW y que si aparca el mío, teme abollar la acera con los faros.

01.44   En vista de los obstáculos, decido abandonar la empresa. Me subo al coche y emprendo la retirada.

01.46   Me viene a la mente el recuerdo de James Bond, que más persistía cuanta más caña le daban. Ídem María Goretti. Me avergüenzo de mi laxitud. Clavo el freno. Pierdo el cárter, el cigüeñal, el chasis y un letrero graciosísimo que decía I ❤ MI SUEGRA.

01.50   Regreso al local oculto en las sombras. Llevo entre los dientes un cuchillo del ejército suizo. Me doy miedo a mí mismo.

01.55   Localizo sin dificultad la rejilla que cierra la instalación de aire acondicionado del local. La abro con ayuda de mi cuchillo, que dispone de destornillador, abrelatas, sacacorchos, sierra y media docena de bigudís de campaña (quién lo iba a decir, con lo serios que parecen los suizos).

02.00   Me introduzco en el conducto del aire acondicionado. ¡Qué aventi!

02.20   Llevo veinte minutos reptando por estos tubos asquerosos sin encontrar ninguna salida. Si encontrara al menos el boquete por el que he entrado, me iba a casa, y a James Bond que le frían un paraguas.

03.00   Sigo reptando por los tubos. Ya debo llevar hechos varios kilómetros. El frío es intensísimo, porque los ejecutivos de verdad siempre tienen mucho calor y exigen aire acondicionado a tope allí donde estén y en todas las épocas del año. También reina una oscuridad absoluta, pero esto me importa menos, porque puedo ver en la oscuridad, lo que supone un ahorro importante cada mes. Esta capacidad, además, me permite sortear los obstáculos que voy encontrando en el camino: ratas, desperdicios industriales, pedruscos y cadáveres. Los cadáveres presentan síntomas claros de congelación. Después de un somero examen, llego a la conclusión de que estos cuerpos pertenecieron en vida a ejecutivos de medio pelo que, habiéndoles sido negada la entrada al local por la puerta grande, han tratado de acceder a él por el mismo camino que yo estoy empleando ahora.

03.40   Diviso a lo lejos un leve resplandor. ¡Es la salida! Hago un último esfuerzo. Ya estoy. Una rejilla me corta el paso. La hago saltar de un puntapié. Me deslizo por el agujero que ha dejado la rejilla. Caigo sobre una mesa dispuesta para veinte comensales. Por fortuna, ninguno de ellos está presente.

03.41   Al oír el estrépito acude un camarero y me ordena que deje libre la mesa de inmediato. Me informa de que esta mesa ha sido reservada por Estefanía de Mónaco, su prometido y unos acompañantes. En realidad, añade, la reserva fue hecha el 9 de abril de 1978 y aún no ha comparecido nadie, pero, tratándose de quien se trata, la gerencia del local no ha estimado oportuno dar por cancelada la reserva. Una vez por semana, continúa diciendo el camarero, los manteles y servilletas son lavados, los cubiertos, abrillantados, los arreglos florales, renovados, las hormigas, exterminadas, y los panecillos (de pan blanco, integral y de soja) reemplazados por otros recién salidos del horno. En un rincón hay media docena de fotógrafos cubiertos de telarañas.

03.44   Rehecho de la caída, el camarero me dice que, si deseo cenar, puedo hacerlo en cualquiera de las mesas libres del local, que son todas, pues la gente verdaderamente fina nunca cena antes de las cinco o cinco y media de la madrugada, para no ser confundida con el común, que cena antes porque tiene que levantarse pronto. Respondo que, por el momento, tomaré una copa (de cava) en el bar.

03.45   Como el cava me sienta mal, me entretengo contando burbujas, sin ingerir el líquido que las produce (inexplicablemente) y escuchando la conversación de tres individuos que comparten conmigo la barra del bar. La conversación sería interesante si el insumo inmoderado de cava por parte de los conversantes no les provocara unos borborigmos que la hacen apenas inteligible. No es difícil, con todo, inferir de qué están hablando, porque los catalanes siempre hablan de lo mismo, es decir, de trabajo. En cuanto se reúnen dos catalanes o más, cada uno cuenta su trabajo con gran lujo de detalles. Con siete u ocho términos (exclusivas, comisiones, cartera de pedidos, y unos pocos más) arman un debate de lo más movido, que puede durar indefinidamente. No hay en toda la Tierra gente más aficionada al trabajo que los catalanes. Si supieran hacer algo, se harían los amos del mundo.

04.00   Se me acerca una chica muy joven y atractiva. Con gran desenvoltura me pregunta si estudio o trabajo. Le respondo que, en realidad, no puede hacerse esta distinción, porque quien estudia aplicadamente realiza el más importante de los trabajos (para el día de mañana), del mismo modo que, quien pone los cinco sentidos en su trabajo, algo nuevo aprende cada día. Sin duda satisfecha con mi respuesta, la chica se aleja a buen paso.

06.00   Las horas pasan sin aportar ninguna de las pistas que he venido a buscar a este local. Empiezo a pensar que, por primera vez, me ha fallado la intuición. La gente ha venido, ha cenado y se está yendo. Algunos han adelgazado tanto durante su cena de negocios que se han esfumado antes del café. Yo sigo aquí, viendo pasar cogotes de merluza y contando burbujas de cava. Ya me han cambiado cuatro veces la copa para que no decaiga la diversión. Estoy por irme.

06.15   Sólo quedo yo en todo el local. El sueño me vence. Incluso creo que he dado un par de cabezadas involuntariamente, porque delante de mí la barra presenta varias abolladuras. Pido la cuenta con ánimo de retirarme y dar por terminadas las pesquisas.

06.16   Cuando estoy considerando la forma menos peligrosa de bajar del taburete, llega un individuo solo, coloca el codo izquierdo en la barra y hace chascar los dedos pulgar y medio de la mano derecha. Acude el camarero y el individuo pide un whisky. ¿De qué tipo? Malta. ¿En vaso alto? Bajo. ¿Con hielo? Sí. ¿Dos cubitos? Tres. ¿Un poco de agua? Sí. ¿Mineral? Sí. ¿Con gas? Sin. El camarero se retira. El individuo se desmaya.

06.20   Le practico la respiración boca a boca y le abofeteo enérgicamente las mejillas para que reaccione. Como simultaneo ambas operaciones, la mayoría de las bofetadas las recibo yo.

06.25   El individuo recobra el conocimiento en el momento en que el camarero le trae lo que ha pedido. Se lo bebe de un trago. Se cae redondo. Vuelta a empezar.

07.00   El individuo y yo salimos juntos del local. Él apoyándose en mí y yo, en las paredes. Fuera, los pájaros gorjean en las ramas y el sol asoma su chocarrera faz por el horizonte, lo que me indica haber entrado ya en el

DÍA 22

07.00   Lo mismo que el párrafo precedente.

07.05   Con una fuerza de la que no habría creído capaz a un individuo tan enclenque, mi nuevo amigo (y protegido) se desprende de mis brazos. Más aún: me desprende mis brazos. Mientras los vuelvo a colocar en su sitio, me pide disculpas. Por el amor de Dios, no tiene la menor importancia. Mi nuevo amigo (y protegido) me explica que, en contra de lo que pudiera parecer, no está ebrio. Sólo fatigado en extremo. Lleva varias noches sin dormir. Meses enteros sin dormir. Indago la causa.

07.30   Las tribulaciones del ejecutivo: lectura y comprensión parcial de las cotizaciones de bolsa, mercado de divisas, mercado de futuros; café con leche (desnatada), biscotes con margarina, las pastillas; ducha, afeitado, violenta aplicación de after-shave. El ejecutivo se pone su impedimenta: Ermenegildo Zegna por aquí, Ermenegildo Zegna por allá. Los niños lavados, vestidos y peinados suben al coche del ejecutivo. Papá los llevará al cole. Anoche cenaron en casa de su madre, pero han dormido en

111

casa de su padre. Esta noche cenarán en casa de su padre, pero dormirán en casa de su madre y mañana los llevará al cole su madre y los irá a buscar él para que cenen en su casa o en casa de su madre (telefoneará). Uno de los niños es suyo; al otro no lo ha visto en su vida, pero prefiere no preguntar. Desde que se separó de su mujer (amigablemente) prefiere no preguntar nada a nadie. El ejecutivo conduce el coche con las rodillas; con la mano derecha sostiene el auricular del teléfono del coche; con la mano izquierda sintoniza la radio del coche; con el codo izquierdo sube y baja las ventanillas del coche; con el codo derecho impide que los niños jueguen con el cambio de marchas del coche; con la barbilla pulsa sin pausa el claxon del coche. En la oficina: telex, fax, cartas, mensajes en el contestador; consulta la agenda. Nena, cancélame la cita de las once; nena, conciértame una cita a las doce; nena, resérvame una mesa para cuatro en La Dorada; nena, cancela, la mesa que tengo reservada en Reno; nena, resérvame plaza en el vuelo de mañana a Munich; nena, cancela el vuelo de esta tarde a Ginebra; nena, las pastillas. El ejecutivo aprovecha breves momentos de descanso para aprender inglés:

> *My name is Pepe Rovelló,*
> *In shape no bigger than an agate stone*
> *On the forefinger of an alderman,*
> *Drawn with a team of little atomies*
> *Athwart men's noses as they lie asleep.*

El ejecutivo baila sevillanas. La profesora le riñe, porque se nota que no ha estudiado en casa. ¡Jossú, Rovelló, a ve esso brasso y essa sinturiya! El ejecutivo practica el difícil arte de las castañuelas montado en la Kawasaki. Por culpa del accidente llega tarde al club. Juega dos partidos de squash sin quitarse el traje de faralaes. En el restaurante se limita a un plato de apio (sin sal), un poleo-menta y un Cohiba. Las pastillas, el jarabe para la digestión, el complejo vitamínico. Las aflicciones del ejecutivo: gastritis, sinusitis, jaqueca, problemas circulatorios, estreñimiento crónico. Confunde el Cohiba con el supositorio. En la clase de aerobic se descoyunta los huesos; el traumatólogo lo arregla; la masajista lo vuelve a estropear. Otro problema: su segunda ex mujer está embarazada del ex marido de su primera ex mujer, *a)* ¿qué apellidos llevará el recién nacido?, *b)* ¿quién ha de pagar las ecografías? Otro problema: la tripulación del yate se ha amotinado y anda ejerciendo la piratería por la Costa Dorada

07.50   El ejecutivo y yo nos despedimos. Ya ha tomado la última copa, dice, y puede empezar el día con la satisfacción del deber cumplido. Se pone el casco y los guantes. Le pregunto si cree estar en condiciones de ir en moto. ¡Cómo! ¡En moto! ¿Por quién le he tomado? Para ir por la ciudad él sólo usa el ala delta.

08.00   Corriendo carretera de Pedralbes arriba, carretera de Pedralbes abajo, consigo que se eleve el artefacto. Dejo ir el sedal. Mi amigo se despide de mí desde el aire azul de la mañana: adiós, adiós, siempre nos quedará el Ampurdán.

08.05   Intento regresar a casa arrastrando los pies. O la expresión (coloquial) no se ajusta a la realidad o existe un método para avanzar arrastrando los dos pies al mismo tiempo que yo desconozco. Pruebo de arrastrar un solo pie y dar un salto con el otro (pie) hacia delante. Me doy de bruces.

08.06   Mientras reflexiono acerca del significado de la palabra bruces, veo ante mis ojos una cartera. Un análisis somero me indica que la cartera perteneció en sus orígenes a un cocodrilo. Un análisis más pormenorizado me indica asimismo que la cartera ha pasado por varias manos y ha acabado perteneciendo, hasta el instante de su pérdida, a mi amigo el ejecutivo. Ahora la cartera pertenece a lo que dicte mi peculiar sentido de la honradez, je, je. Temperatura, 23 grados centígrados; humedad relativa, 56 por ciento; suave brisa de levante; estado de la mar, marejadilla.

08.07   Examino el contenido de la cartera del ejecutivo. Tres o cuatro mil pelas, que trasvaso a mis bolsillos sin demora. Documento nacional de identidad, permiso de conducción, tarjetas de crédito y carnets acreditativos de la pertenencia de su titular al mundo de los seres activos y predominantes. Foto de un perro lobo junto a un pino. Total, nada.

08.10   Estoy por tirar la cartera y su contenido a una alcantarilla cuando descubro un compartimento cerrado por medio de una cremallera. Forcejeo. Todavía no he conseguido dominar este extraño mecanismo (ni entender cómo una cosa tan absurda goza de tanta difusión), por lo que acabo rompiéndolo. Del compartimento extraigo una fotografía. Una moza de muy buen ver. Al dorso de la foto, una breve dedicatoria: Chato, moderno, ¿quién te quiere a ti? Cuqui.

08.11   Vaya, vaya.

08.12   Decido regresar a casa. Pasa un taxi, lo paro, subo. Camino de casa, la radio da las noticias. Ha habido otro accidente en la central nuclear de Vandellós. Un portavoz de la central informa al público de las ventajas de un ser mutante. ¡Sorprenda cada día a su familia!, exclama. El taxista no parece convencido. Si él mandara, dice, trasladaría la central nuclear al coto de Doñana. Así aprenderían estas especies protegidas de mierda, dice.

08.30   Me meto en casa apresuradamente. La hostilidad del vecindario va en aumento. La portera se ha hecho una cerbatana con el mango de la escoba y me lanza dardos impregnados en curare. Un vecino arroja aceite hirviendo por el hueco de la escalera cuando me ve pasar. Otro ha metido tarántulas en mi piso. He de emplearme a fondo con el Cucal.

08.45   Decido poner fin a este malentendido. Esta tarde reuniré a todos los vecinos, les daré una merienda, escucharé sus quejas (con paciencia) y me rehabilitaré ante sus ojos. Si alguno quiere darse un chapuzón en la piscina, podrá hacerlo gratis.

08.50   Salgo a comprar lo necesario para el guateque. Adopto la apariencia de Alfonso V el Magnánimo (1396-1458) y me echo a la calle.

09.00   Compro dos docenas de brioches, una pastilla de mantequilla, cien gramos de mortadela, una gaseosa.

09.10   Compro farolillos de papel, globos, serpentinas.

09.20   Regreso a casa. Alacranes en el buzón, una cobra en el ascensor, napalm en el rellano.

09.50   Termino de preparar los bocadillos. Me han quedado un poco mal, quizá porque, a falta cuchillo, he tenido que usar los alicates.

10.00   Redacto las invitaciones. Tengo el honor de convidar a don… y señora a la recepción que se celebrará, etc., etc. Se ruega traje oscuro y bla, bla, bla. Han quedado muy bien.

10.05   Meto los tarjetones en sus sobres respectivos. Paso la lengua por la banda engomada de los sobres a fin de que éstos se adhieran (a sí mismos). La goma es tan sabrosa que no puedo evitar comerme tres sobres y sus correspondientes tarjetones. Mientras realizo la operación pienso en lo feliz que podría ser si las cosas salieran a la medida de mis deseos: el bar de la señora Mercedes, mi vecina, etc. Cuento los días que faltan para Navidad.

10.15   Un susurro me saca de mi abstracción. Alguien ha deslizado un sobre por debajo de la puerta. El sobre no lleva remitente. Dentro hay una sola hoja impresa, cuyo contenido es el siguiente:

> ¿Qué, lo pasaste bien anoche?
> Pues hoy lo puedes pasar aún mejor
> si vienes a verme. Soy un tocinillo
> de cielo con almíbar y miel, aromas
> y conservantes (E 413, E 642), sólo
> para tu boquita de tigre.
> Calle del Turrón de yema, 5, ático 2.ª

(esquina Travesera de las Corts).
P.S. Olvídate de tus vecinos, que
son unos ordinarios.

10.25   En vista de que hay alguien empeñado en obstaculizar mi reinserción social, rompo las invitaciones, me como todos los brioches y pego fuego a los farolillos. Con las serpentinas me hago una falda de hawaiana.

10.40   Bailo un rato, pero me aburro en seguida,

10.45   Telefoneo al hospital donde convalece la señora Mercedes. Hablo con el señor Joaquín. ¿Cómo van las cosas? Muy bien, muy bien. El médico ha dicho que la señora Mercedes puede irse a casa cuando quiera. Y él también, naturalmente. Es posible que mañana estén los dos de nuevo en el bar. Es una buena noticia y me congratulo de ella. Colgamos.

11.00   Hace una mañana soleada, limpia, seca y no tan calurosa como en días anteriores. Decido dar una vuelta. ¿Adónde iré?

11.05   Decido visitar algún museo de pintura, tema en el que no estoy muy impuesto. La verdad es que en mi planeta no damos mucha importancia a las artes plásticas, en parte porque entre nosotros el daltonismo y la presbicia son congénitos y en parte porque la cosa de la estética nos trae sin cuidado. Por este motivo, y también por mi escasa inclinación natural al (y aptitud para el) estudio, poseo una formación algo deficiente en este terreno. Si alguien me preguntara qué pintores conozco, diría que Piero della Francesca, Tàpies y pare usted de contar.

11.30   Me persono en el Museo de Arte de Cataluña. Cerrado por obras.

11.45   Me persono en el Museo de Arte Contemporáneo. Cerrado por obras.

12.00   Me persono en el Museo Etnológico. Cerrado por obras.

12.20   Me persono en el Museo de Arte Moderno. Cerrado por obras. La directora me explica que la autoridad responsable ha decidido actualizar el museo y convertirlo en un centro multisectorial, interdisciplinario y, si el presupuesto llega, lúdico. Para ello levantarán un edificio de quince plantas, que albergará dos teatros, cuatro cafeterías, una tienda de souvenirs, un hogar de ancianos, la actual colección de pintura del museo, los espejos deformantes del Tibidabo y la colección Planelles de esparadrapos. Las obras, que inicialmente debían estar listas para el 92, no podrán empezar hasta el 98. Mientras duren las obras, los cuadros han sido depositados en los almacenes del puerto que otra comisión municipal hizo derribar el mes pasado. Debido a ello, es muy probable que a estas horas los cuadros vayan a la deriva por el Mediterráneo. No obstante, añade, si quiero visitar el museo, no saldré defraudado, porque esta misma mañana les han traído un mamut para que lo guarden hasta que finalicen las reformas del Museo de Historia Natural, actualmente cerrado por obras.

13.00   Ya que estoy en el parque de la Ciudadela, decido pasar aquí el resto de la mañana. En un tenderete compro una caja (tamaño familiar) de polvorones de Estepa y me siento a comérmelos a la orilla del estanque. Como pega un sol de justicia, nadie me disputa el lugar ni la silla. Unos patos se deslizan mansamente por el agua hasta donde estoy. Les doy un polvorón, se lo comen y se van al fondo del estanque.

14.00   Comida en las Siete Puertas. Angulas, langostinos, riñones, criadillas, estofado de morro, dos botellas de Vega Sicilia, crema catalana, café, coñac, Montecristo del n.º 2 y ahí me las den todas.

16.30   Subo andando al castillo de Montjuich para digerir la comida.

17.30   Bajo andando del castillo de Montjuich para digerir la comida.

18.30   Vuelvo a subir andando al castillo de Montjuich para digerir la comida.

19.00   Meriendo en la calle Petritxol.

20.00   Me encamino al lugar de la cita, al que llego a las 20.32.

20.32   Lo dicho.

20.33   Al entrar en el hall del edificio me detiene un conserje elegantemente uniformado. ¿Adónde me creo que estoy yendo? Al ático segunda, señor conserje. ¿Ah, sí? ¿Y se puede saber a qué voy al ático segunda? A ver a una persona con la que he quedado. Oh, *quedado*, *quedado*; esto se dice muy pronto. A ver, ricura, ¿cómo se llama esta persona con la que dices que has *quedado*? Es una señorita, pero en este momento no recuerdo su nombre. Ah, una señorita… ¿tal vez la señorita Piloski? Sí, exactamente, esa misma. Pues estás de mala suerte, chico, porque la señorita Piloski se murió hace cuarenta años, precisamente cuando yo entré de conserje en este edificio, que tengo a gala defender de intrusos y de embusteros. Está bien, está bien, quizá no era ése su nombre. ¿No será acaso la señorita Sotillo, que Dios tenga en su santa gloria?

21.30 Cuando hemos pasado revista a cincuenta y dos señoritas y rezado una oración por el eterno descanso de sus almas, decido darle un billete de cinco mil pesetas al conserje.

21.31 El propio conserje sube conmigo en el ascensor, tarareando por lo bajo, para que no eche en falta el hilo musical.

21.32 El conserje me deja solo en el rellano. Llamo al timbre. Tin-tan. Silencio. Tin-tan. Nada. Por fortuna, en el rellano hay una maceta y puedo desahogar en ella mi nerviosismo.

21.34 Insisto. Tin-tan. Un susurro de pasos que se aproximan. Se abre una mirilla. Un ojo me observa. Si tuviera un palito a mano, se lo metía.

21.35 La mirilla se cierra. Los pasos se alejan. Silencio.

21.36 Los pasos se acercan de nuevo. Un pestillo se desliza. Gira una llave en la cerradura. La puerta se abre lentamente. ¿Y si saliera corriendo escaleras abajo? No, no, me quedo.

21.37   La puerta se ha abierto de par en par. Una señora en bata y zapatillas me entrega la bolsa de la basura. Acto seguido se disculpa. En la penumbra del rellano y sin gafas, me había tomado por el conserje. Como siempre viene a esta hora, ¿sabe? Sí, sin duda me he confundido de puerta. Sí, la que busco vive enfrente. No, no, ninguna molestia. Sí, les ocurre a muchos caballeros. Los nervios, claro. Sí, todos acaban meando en la yuca; hay que ver lo lozana que se ha puesto. Y ya que estoy aquí, ¿me importaría bajar la basura? Está a punto de empezar el programa de Ángel Casas y no se lo querría perder. Sí, atrevidillo, pero una está curada de espanto. Hala, majo, no pierdas más tiempo o tendrás que ir a llevar la bolsa al container.

21.45   Vuelvo a subir en el ascensor. Llamo a la otra puerta.

21.47   Abre la puerta un caballero. ¿Me he vuelto a equivocar? No. La señorita me está esperando. Si tengo la bondad, por aquí, por favor.

21.48   Avanzamos por un pasillo. Moqueta, cortinas, cuadros, flores, perfume embriagador. Seguro que salgo de aquí con una mano atrás y otra delante.

21.49   Nos detenemos ante una puerta tapizada de terciopelo carmesí. El individuo que me acompaña me dice que tras esta puerta está la señorita. Esperándome. Él, por si no lo he deducido de su porte y maneras, es el *mayordomo*, me dice. Pero también sabe kárate, añade. En realidad, aclara, hace mejor el kárate que lo otro. De modo que nada de tonterías. Prometo no cometer ninguna. Sigo sin saber lo que significa la palabra *mayordomo*, pero el tono de quien dice serlo no deja lugar a dudas.

21.50   La puerta se abre. Vacilo. Una voz me indica que pase: anda, hombre, pasa. ¿Será posible?

21.51   ¡Es posible!

02.40   Nos dan las tantas contándonos nuestras respectivas aventuras. Tampoco Gurb ha tenido suerte. Primero fue el profesor universitario. Le gustaba, pero tuvo que dejarlo porque él se empeñó en que hiciera la tesis. Luego vinieron otros. Él buscaba un hombre serio y fino, un tipo, dice, como José Luis Doreste, pero, sin saber cómo ni por qué, siempre acaba enamorándose de los más mangantes. Le digo que esto le ha sucedido porque se ha vuelto una golfa. Gurb replica que eso no es cierto. Lo que ocurre, dice, es que yo siempre he ido de plasta por la vida. Discutimos un rato acaloradamente hasta que interviene el *mayordomo* para recordarnos (con la máxima discreción) que dos extraterrestres en misión especial no deberían perder el tiempo peleando como verduleras. Y menos, añade, por semejantes tonterías. Él, si quisiera, podría contarnos casos realmente conmovedores. Casos, dice, que nos moverían al llanto. Porque él, dice, es un hombre que ha vivido mucho. En su casa eran quince de familia. En realidad, él era hijo único, pero tenía dos padres, cuatro abuelos y ocho bisabuelos que no cascaban ni a tiros. En su infancia pasaron tanta hambre, que se comían los cupones de racionamiento antes de que llegara el día de canjearlos por arroz, lentejas, pan negro y leche en polvo. Al oír la descripción de tantos sinsabores, y antes de que el relato se eternice, derramamos abundantes lágrimas, le pagamos los días que lleva trabajados y lo despedimos.

02.45   Gurb me enseña el piso. Ideal. Me dice que él lo ha elegido *todo* personalmente. Comparo (para mis adentros) este piso con el mío y *se me cae* la cara de vergüenza.

02.50   Gurb abre una puerta de madera de gran espesor y me muestra lo que acaba de hacerse instalar: la sauna. Por supuesto, nunca la ha usado ni piensa hacerlo, pero le sirve para mantener calientes los churros.

02.52   Mientras me pongo *morado* de churros, le pregunto si ha sido él el causante de mis recientes desgracias. Responde que sí, pero que lo ha hecho con la mejor de las intenciones. La ventaja de la comunicación telepática es que se puede hablar con la boca llena. Le pregunto por qué ha saboteado el plan de vida que yo me había trazado, convirtiéndome en un crápula a los ojos del mundo y me responde que no podía permitir que acabase despachando cortados en el bar del señor Joaquín y la señora Mercedes, y mucho menos que acabara liándome con mi vecina, aunque las probabilidades de que esto sucediera, añade *con sorna*, eran remotas, porque yo estaba llevando el asunto fatal. Tenemos otra agarrada, hasta que llaman a la puerta. Acudimos. Es el vecino de al lado, que viene a quejarse porque no le dejamos dormir. Dice que si queremos pelearnos, que lo hagamos a viva voz, como todo el mundo, que a los gritos y a los platos rotos ya está acostumbrado. En cambio, la comunicación telepática se oye a través de la tele, y no veas la lata que da, dice.

03.00   Como se ha hecho tardísimo, decidimos irnos a dormir y continuar mañana la conversación. Antes de acostarnos rezamos el santo rosario. En el segundo misterio (de gozo) he de reñir a Gurb, porque lo descubro hojeando a hurtadillas *La maison de Marie Claire*.

03.15   Obligo a Gurb a lavarse los dientes. Sabe Dios el tiempo que hace que no se los habrá cepillado *comme il faut*.

03.20   Pregunto a Gurb si puede dejarme alguna prenda de dormir. Me muestra el armario de la lencería. Prefiero no mirar.

03.30   Gurb se acuesta en su cama; yo, en el sofá del living. Dejamos la puerta entreabierta. Buenas noches, Gurb. Hasta mañana. Que descanses. Tú también. Felices sueños, Gurb.

03.50   Gurb. ¿Qué? ¿Duermes? No, ¿y tú? Tampoco. ¿Quieres un vasito de leche? No, gracias.

04.10   Gurb. ¿Qué? ¿En qué piensas? En nada, ¿y tú? En que, ahora que nos hemos encontrado, podremos volver por fin a nuestro querido planeta. Ah.

04.20   Oye. ¿Qué, Gurb? ¿Tú tienes ganas de volver a nuestro querido planeta? Pues claro, ¿tú, no? Ay, chico, no sé qué decirte. La verdad es que aquello es un rollo patatero. Hombre, Gurb, un poco de razón ya tienes, pero ¿qué alternativa le ves? Bueno, pues quedarnos en éste. ¿Y hacer qué? Uf, mogollón de cosas. Como por ejemplo qué. Montamos un bar tú y yo. Mira qué bien: cuando yo quería quedarme con el bar del señor Joaquín y la señora Mercedes, me metes varas en las ruedas; y ahora, como la idea es tuya, ya me tiene que parecer bien. No compares; al bar del señor Joaquín y la señora Mercedes sólo iban jubilatas; el que yo te digo sería otra cosa: diseño a tope, música en directo, billar, tarot, abierto hasta la madrugada, y los sábados, concurso de miss tanga. Hum. Prométeme que lo pensarás. Te lo prometo.

04.45   Oye, Gurb. ¿Qué? ¿Tú crees que eso daría dinero? Bah, ¿quién piensa en el dinero? Yo. Está bien; pierde cuidado: este tipo de locales siempre dan un pastón. Sí, al principio, sí, pero a la temporada siguiente se pone de moda otro local y te tienes que meter el diseño donde tú ya sabes. ¿Y eso qué más da? Cuando se acabe el negocio montamos otro; esta ciudad es un filón por explotar; y cuando nos cansemos, nos vamos a Madrid. Chico, aquello es jauja; sólo el puente aéreo ya vale la pena. No sé, no sé; no lo veo sólido. Mira, si lo que te preocupa es el futuro, no tienes más que hacerte un plan de pensiones: con una expectativa de vida de nueve mil años, no te digo la de disgustos que le darás a la Caixa. Y ahora, déjame dormir. Está bien, Gurb, no te enfades conmigo. No me enfado, pero duerme. Buenas noches, Gurb. Buenas noches.

DÍA 23

10.13   Me despierta un timbrazo. ¿Dónde estoy? En un sofá. ¿Y este living tan mono? Ah, ya recuerdo. ¿Dónde está Gurb? La puerta de su alcoba está cerrada. Debe de estar durmiendo a pierna suelta. Siempre ha sido de mucho dormir. No como yo, que soy madrugador y diligente. El timbre sigue sonando.

10.15   Golpeo suavemente con los nudillos la puerta de la alcoba. No hay respuesta. Decido acudir personalmente a la llamada.

10.16   Abro. Es un mocito que trae un ramo de azucenas. Para la señorita, dice. Le doy dos duros de propina y me entrega el ramo. Cierro la puerta.

10.18   En la cocina. Anoto los dos duros que he puesto de mi propio bolsillo y que, en rigor, ha de pagar Gurb. Busco un jarro. Cuando lo encuentro, lo lleno de agua y dispongo las flores en el jarro como mejor sé. El resultado deja bastante que desear. Quizá no debería haber cortado tanto los tallos. Ahora ya es tarde para arrepentirse.

10.21   Abro el sobre que acompañaba el ramo. Contiene una tarjeta escrita a mano. No debo leer lo que dice, pero lo leo. A mi Cuqui preciosa con un millón de besitos shmuch shmuch shmuch shmuch shmuch shmuch shmuch shmuch shmuch shmuch Pepe.

10.24   Suena el timbre. Decido acudir personalmente a la llamada. Es un mocito que trae una caja de trufas heladas. Dos duretes.

10.26   Anoto el desembolso efectuado. Guardo la caja de trufas en el congelador. La vuelvo a sacar, me como diez trufas, redistribuyo el resto para que no se note y vuelvo a guardar la caja de trufas en el congelador. Leo la tarjeta. No me atrevo a repetir lo que dice. Temperatura, 25 grados centígrados; humedad relativa, 75 por ciento; vientos flojos del sudoeste; estado de la mar, rizada.

10.29   Suena el timbre. Decido acudir personalmente a la llamada. Es un mocito que trae un cestillo. En el cestillo, un jabón de olor, un gel de baño, crema hidratante, body milk, esponja, eau de toilette. Dos duros. Llevo el muestrario al cuarto de baño. Echo la tarjeta al water (sin leerla) y tiro de la cadena. Anoto el desembolso efectuado. Suena el timbre.

10.32   Decido acudir personalmente a la llamada. Esta vez no es un mocito, sino un mocetón. Trae las manos vacías y dice que quiere hablar con la dueña de la casa. Respondo que la dueña de la casa no está visible en estos instantes. Si lo desea, añado, puede volver más tarde o dejarme su tarjeta de visita. El mocetón me pregunta si soy por azar el marido de la dueña de la casa. No, señor, ni hablar. ¿Su novio, tal vez? No. ¿Su amigo? Tampoco. Entonces, ¿quién soy y qué carajo estoy haciendo aquí? Soy el *mayordomo*, respondo, y sé kárate; de modo que nada de tonterías, ¿entendido?

10.34   El mocetón me hace una cara nueva y se va. Por lo menos, me he ahorrado los dos duros.

10.36   Cuando me dirijo a la cocina tanteando las paredes del pasillo me topo con Gurb, a quien han despertado los golpes de mi cabeza contra el felpudo, la jamba y el dintel. Le cuento lo sucedido y, en vez de compadecerme, se echa a reír. Al verme *fruncir el ceño*, sofoca esta risita boba que no sé de dónde ha sacado y me cuenta que el mocetón es un pretendiente celoso que le viene persiguiendo desde hace varios días. Ayer, sin ir más lejos, le saltó dos dientes al anterior *mayordomo* de un guantazo. Es muy violento y apasionado, dice; por eso le gusta, agrega.

10.40   Me curo las heridas con agua oxigenada. Estoy tan lleno de magulladuras que me transformo en Tutmosis II y así me ahorro el trabajo de ponerme vendas.

11.00   Al salir del cuarto de baño oigo la voz de Gurb que me llama desde la terraza. Salgo y compruebo (con satisfacción) que ha preparado el desayuno y lo ha servido en una mesita de mármol, bajo el parasol. Decepción: medio pomelo, té con limón, tostadas con mantequilla y mermelada inglesa de naranja. Añoro la tortilla de berenjena y la cerveza del bar de la señora Mercedes y el señor Joaquín, pero me como lo que me dan y no digo nada. De las ventanas y azoteas del vecindario asoman prismáticos, catalejos y telescopios, que enfocan la bata de seda color salmón que lleva Gurb. Considero la posibilidad de enviar un rayo desintegrador a los curiosos, pero opto por simular que no me doy cuenta de lo que pasa.

11.10   Acabamos el desayuno en un abrir y cerrar de ojos. Gurb enciende un cigarrillo. Finjo una tos violentísima para que se dé cuenta de que el humo es molesto y sumamente nocivo. Si él quiere intoxicarse, que se intoxique, pero a los demás, que no nos obligue a respirar un aire contaminado. El saludable mensaje que lleva implícito mi tos cae en saco roto: Gurb continúa fumando y yo me pongo la garganta en carne viva.

11.15   Pregunto a Gurb si lo que decía anoche iba en serio. Gurb, a su vez, me pregunta a mí a qué me refiero. A qué va a ser: a lo del bar de modernos. Pues claro que iba en serio. ¿Y lo de miss tanga? ¿También iba en serio? Por supuesto, dice. Y yo, ¿podría hacer de presentador? Naturalmente, dice. ¿Y ponerle la banda a la ganadora? Todo lo que me diera la gana, dice; por algo sería el dueño del local.

11.20   Recojo el desayuno, lo llevo a la cocina. Gurb se queda en la terraza leyendo *La Vanguardia*. Coloco los platos, las tazas y los cubiertos en el lavavajillas.

11.30   Saco brillo a la plata.

12.30   Paso el aspirador. Cambio la bolsa.

13.00   Hago cristales. Quiera Dios que no se ponga a llover.

13.30   Pongo una lavadora. Plancho sábanas. Encuentro una sábana vieja y deshilachada; hago trapos.

14.00   Pregunto a Gurb que a ver a qué hora se come en esta casa. Respuesta: en esta casa no se come a ninguna hora. Por lo que a él respecta (a Gurb, se entiende), le esperan dentro de media hora en el Café de Colombia, en la Vaquería y en el Dorado Petit (en el de Barcelona y en el de Sant Feliu). Siempre acepta las invitaciones de tres en tres, dice, para poder elegir en el último minuto. En cuanto a mí, puedo hacerme algo con lo que haya en la nevera, dice.

14.30   Gurb se ducha, se perfuma, se peina, se viste, se pinta. Me hace llamar por teléfono al servicio de taxis. Madre mía, madre mía, siempre con prisas y siempre llegando tarde a todas partes, exclama. Esto no es vida, exclama. Intento decirle que si madrugara más y zascandileara menos, se evitaría estos sofocones, pero ya se ha ido. He de recoger la ropa que ha dejado tirada por todas partes.

14.50   En la nevera no hay más que una botella de cava medio vacía, una orquídea mustia y unas probetas cuyo contenido prefiero no analizar.

15.00   Como en la barra de Casa Vicente. Ensalada del tiempo o gazpacho, macarrones y pollo, 650 pesetas. Pan, bebidas, postre y café, aparte. Con el IVA y la propi, me sale por 900.

16.00 De vuelta en el pisito de Gurb. Treinta y tantos recados en el contestador. Escucho los cuatro primeros. Reviso la correspondencia: facturas y más facturas.

16.40 Dos álbumes de fotos. Recortes de prensa: Gurb en Sa Tuna, Gurb en el palacio de la Zarzuela, Gurb en los Sanfermines. Una polaroid torcida y desenfocada: Gurb con un desconocido en lo que podría ser una calle de París. Gurb entrando en el Danielli; saliendo del Harry's Bar. Madrina de la promoción de ingenieros de minas. Abrazando a Ives Saint Laurent después del desfile. En una terraza de la Castellana con Mario Conde. Bailando con I. M. Pei and partners. Madrina del buque lanzatorpedos *José María Pemán*. En una terraza de la Castellana con los dos Albertos. Entrando en Sotheby's. De compras con Raisa en Saks Fifth Avenue: míster Saks y míster Fifth atendiendo a las ilustres clientas: *Dear* ladies, *dear* ladies! Madrina del primer (y último) rinoceronte nacido en el zoo de Madrid. En una terraza de la Castellana con los dos Marcelinos. Bailando con Akbar Hashemi Rafsanjani.

17.08 Me llego al supermercado de la esquina. Comida, artículos de limpieza, vino, gaseosa, Kleenex, total 13.674 pesetas. Guardo el recibo para pasar cuentas. Los números para el sorteo de un Honda Civic me los quedo yo.

17.30 De vuelta en el pisito de Gurb. Veo *Los mundos de Yupi*.

18.00 Veo *Avanç de l'informatiu vespre*.

18.30 Veo *Maritrapu eta mattintrapuren abenturak*. Luego videoclips.

20.00   Pongo a hervir agua en un cazo. Le añado sal. Echo zanahorias, patatas, col, puerros, apio, una alita de pollo, un hueso de ternera. Miro la hora.

21.30   Apago el fuego. Voy poniendo la mesa. Riego las plantas de la terraza.

22.30   Ceno solo.

23.00   Sesión de noche. Ciclo «De tal palo tal astilla». Hoy: *El hijo de Ben-Hur* (1931), con Ben Turpin y Olivia de Havilland. Y la próxima semana… *El hijo de Balarrasa*, con José Sazatornil.

24.30   Me lavo los dientes; rezo mis oraciones y me acuesto en el sofá. Sin noticias de Gurb.

01.00   No consigo pegar ojo.

02.00   No consigo pegar ojo.

03.00   No consigo pegar ojo.

04.00   Me levanto. Paseo piso arriba, piso abajo para calmar los nervios. Como no conozco la distribución del mobiliario, me doy con todos los cantos en las espinillas.

04.20   Me siento a la mesa. Tomo papel y rotulador.
    «Querido Gurb:
    A veces sucede que dos personas conviven largo tiempo sin llegar a conocerse mutuamente. También puede darse el caso opuesto, esto es, que dos personas convivan poco

tiempo y, sin embargo, paradójicamente, lleguen a conocerse mutuamente. También puede suceder otra cosa, a saber, que dos personas convivan largo tiempo y una de ellas llegue a conocer a la otra sin que ésta, por su parte, llegue a conocer a aquélla, en cuyo caso no podríamos decir que ambas personas han llegado a conocerse mutuamente, pero tampoco podríamos decir que ambas personas se desconocen mutuamente. Todo esto, por supuesto, no tiene nada que ver con nosotros, y si me he permitido traerlo a colación ha sido porque no quiero que pienses que trato de introducir elementos ajenos al tema o que no le son propios. Es más, voy a empezar de nuevo la carta, en parte por lo que te acabo de decir, y en parte porque hace rato que me he perdido.»

04.35   «Querido Gurb:

Ante todo, quiero establecer una clara distinción entre dos conceptos fundamentales, a saber, los principios y los preceptos.»

04.50   «Querido Gurb:

Ahora que se acerca el verano, creo que ha llegado el momento de partir.»

04.51   Engancho la carta en el espejo del boudoir con una gota de pega. Releo lo escrito. Decido adoptar la apariencia de Yves Montand y cantar con mucha expresividad

> *Si vous avez peur*
> *des chagrins d'amour,*
> *evitez les belles…*

La interpretación me queda un poco deslucida, porque debido a un error mecánico, me he convertido en Jacques-Yves Cousteau, y con la escafandra no hay quien entone.

05.05   Con las tijeras de las uñas reduzco el guardarropa de Gurb a microorganismos.

05.12   Vacío los frascos de perfumes en el fregadero y los relleno de ácido sulfhídrico; pinto bigotes en los cuadros; lleno la nevera de sabandijas; pego mocos en las cortinas; grabo pedos en el contestador, meto un cerdo en la bañera. Me largo del piso dando un portazo.

05.35   Me meto en el único bar del barrio que aún está abierto. La clientela es numerosa, pero como yace mayoritariamente en el suelo, consigo amplio lugar en la barra. Pido seis whiskies. Dobles.

06.35   Llego a *mi* piso. Me tumbo en *mi* cama y me quedo dormido antes de tener tiempo de cerrar los párpados.

DÍA 24

09.12   Me despierto con una resaca de caballo, pero satisfecho de la decisión que he tomado. Desayuno churros con whisky. Temperatura, 22 grados centígrados; humedad relativa, 68 por ciento; nubosidad abundante con mala visibilidad en la costa; estado de la mar, marejadilla con olas inferiores a un metro. Tiempo perfecto para mis planes.

09.30   Salgo de mi piso. Bajo la escalera con paso firme. Si la escalera se mueve, no es culpa mía. Encuentro a la portera tendiendo la colada en los cables del ascensor. Le digo que quiero hablar con ella de un asunto personal. ¿Me permite pasar a su habitáculo?

09.31   La portera me conduce a su habitáculo, sito en el subsuelo del edificio. Me lo muestra y me cuenta que en verano la vivienda es un horno y en invierno, una nevera. Como no tiene cocina, ha de freír los arenques en la estufa de butano, dice. Luego la humareda le impide ver la tele. No tiene cuarto de baño, dice. Por fortuna, las tuberías del edificio pasan por su dormitorio y aprovecha los reventones para ducharse. Pero todo esto, añade, ¿a mí qué se me da?

09.47   Le respondo que he decidido ausentarme de la ciudad y, con tal motivo, regalarle a ella (la portera) mi piso. Le hago entrega de la escritura notarial y de las llaves. La portera me confiesa que siempre ha sabido que yo era un verdadero señor y no como *otros*, que aparentan y aparentan, pero a la hora de la verdad, nada de nada. Para sellar nuestra amistad echamos sendos tragos de la botella de whisky que traigo conmigo.

10.00   Me persono en el piso del presidente de la comunidad de propietarios. Pese a la importancia de su cargo, me recibe en pijama. Le informo que es mi intención hacerle provisión de fondos para que haga reemplazar la porquería de ascensor que tenemos por otro nuevo, pintar la escalera, restaurar la fachada, cambiar las tuberías, arreglar el interfono, tapar las grietas de la azotea, instalar una antena parabólica y alfombrar la entrada. A cambio de todo esto, agrego, sólo pido ser recordado con cariño, pues me dispongo a emprender un largo viaje. El presidente dice que si todos los vecinos fueran como yo, no haría falta tanto socialismo y tanta jodienda. Echamos un trago de whisky.

10.20   Me persono en el piso de mi vecina. Me abre ella misma. Me dice que en este preciso instante se disponía a salir, que si no me importa volver más tarde. Le respondo que no habrá más tarde, pues yo también estoy a punto de marcha, y por tiempo indefinido. ¿Me permite pasar? Será sólo un minuto. Accede con cierta reserva, porque a estas alturas ya debo de apestar a whisky una cosa mala.

10.30   Con la máxima circunspección digo a mi vecina que he tenido el atrevimiento de informarme respecto de su situación personal, tanto en el terreno afectivo como en el económico. Que en ambos terrenos la situación puede calificarse de desastrosa. Añado que en el terreno afectivo no puedo ofrecerle nada, pues por no tener, no tengo ni tiempo. En cuanto al terreno económico...

10.35   Carraspeo. Me animo dándole unos tientos al whisky. Prosigo.

10.36   ... en cuanto al terreno económico, digo, y puesto que soy soltero, hacendado y dadivoso de natural, he decidido, si a ella no le molesta, depositar en un banco (suizo) una suma de dinero suficiente para sufragar los estudios de su hijo, hoy aquí y, llegado el día, en la Harvard School of Business Administration. Por lo que a ella respecta, añado con un hilo de voz, le ruego se sirva aceptar, como recuerdo de nuestra breve vecindad, este modesto collar de esmeraldas.

10.39   Hago entrega del collar a mi vecina, me acabo la botella de whisky, salgo precipitadamente del piso de mi vecina, me caigo rodando por las escaleras.

12.00   Voy caminando desde la estación del metro hasta la nave. Cuando llego se me cae el alma a los pies. La hiedra obstruye las escotillas, en varios lugares ha saltado el esmalte, alguien ha arrancado de la puerta la imagen del Sagrado Corazón. Así no puedo presentarme en mi planeta.

12.02   En el pueblo compro un estropajo, Vim Limpiahogar y un par de guantes de goma. Regreso a la nave y dale que te pego.

13.30   Entro en la nave. Aparte algunas humedades, el interior no parece haber sufrido desperfectos serios. Reviso los manómetros, el combustible. Todo normal. Me siento frente al tablero de mandos. Acciono la palanca de encendido. Ron... ron... ron...

13.45   Ron... ron... ron...

14.00   Ron... ron... ron...

14.20   ¡RRRROOOOOONNNNN!

14.21   Hosti, qué susto.

14.22   Apago el motor. Regreso al pueblo a proveerme de vituallas.

15.00   Cargo en la nave lo necesario para amenizar la travesía: pasta de dientes, novedades editoriales, una bicicleta, un resumen cifrado del asunto del metro de Montjuich y poca cosa más.

16.00   Cuando ya tengo la bodega repleta de mercancías descubro que está invadida de cucarachas. ¿Qué hacer? Puedo proveerme de aerosoles de Cucal, pero una vez reconvertido en intelecto puro, ¿con qué apretaré el pitorro?

16.20   Después de varios intentos, logro establecer contacto con la Estación de Enlace AF, en la constelación de Antares. Les informo de que doy por concluida la misión en la Tierra y me dispongo a regresar aprovechando el mal estado atmosférico (óptimo para la navegación). Asimismo les informo de que regreso solo, porque mi compañero de expedición, de nombre Gurb, ha desaparecido en acto de servicio. Eludo decir la verdad para evitarles un disgusto a sus ancianos padres.

16.30   La Estación de Enlace AF, en la constelación de Antares, me pide que repita el mensaje. Al parecer, la recepción es dificultosa.

16.40   Repito el mensaje. Los de la Estación de Enlace AF, en la constelación de Antares, me dicen que en realidad habían recibido el mensaje bien la primera vez, y que me lo han hecho repetir porque les hace gracia que se me haya pegado el acento catalán.

17.00   Me persono en el bar de la señora Mercedes y el señor Joaquín. La señora Mercedes, detrás de la barra, como si tal cosa. El señor Joaquín, jugando al dominó con tres parroquianos de su misma quinta. Efusiones, tortilla de berenjena, cervecita. Les digo que vengo a despedirme. Regreso a mi tierra. ¿Lo ves, Joaquín? Ya te lo decía yo, que el señor no era de aquí. Les doy el regalo que les he comprado: una casita y once acres de tierra en Florida, para que vayan a descansar. Hombre, no hacía falta que se molestase. Le habrá costado un pico. Calle, calle, señora Mercedes; usted se merece esto y más. Adiós, adiós. Envíenos una postal.

19.00   Todo listo para el despegue. Compuertas cerradas. Empiezo la cuenta atrás. 100, 99, 98, 97.

19.01   Un ruido a mis espaldas. ¿Las malditas cucarachas? Voy a ver.

19.02   ¡Gurb! ¿Qué demonios haces tú aquí? ¡Y con estos tacones de un palmo! ¿Tú te crees que ésta es forma de viajar por el espacio (o el tiempo)? Gurb me muestra un mensaje cifrado en la pantalla del cuadro de transmisiones.

19.05   Descifro el mensaje. Es de la Junta Suprema. En vista del éxito de nuestra misión en la Tierra (por el que se nos felicita), debemos variar el rumbo y dirigirnos, con idéntica finalidad, al planeta BWR 143, que gira (como un idiota) alrededor de Alfa Centauro. Una vez allí, deberemos adoptar, igual que hemos hecho aquí, la forma de los habitantes del planeta. Tienen cuarenta y nueve patas, de las cuales, sólo dos les llegan al suelo; también tienen un ojo, seis orejas, ocho narices y once dientecitos. Se alimentan de limo y de unas orugas peludas que atrapan con los tentáculos anteroposteriores.

19.07   De los mohínes de Gurb deduzco que la misión que nos ha sido encomendada no le llena de merecido orgullo. Antes de que pueda exteriorizar su falta de entusiasmo de algún modo que requiera la adopción (por mi parte) de medidas disciplinarias, le hago varios razonamientos que podríamos agrupar en tres (o menos) categorías, a saber: a) que las autoridades competentes *siempre* saben lo que nos conviene mejor que nosotros mismos; b) que frecuentar otros ambientes y conocer otras culturas *siempre* resulta formativo, y c) que el que paga *siempre* manda. A título personal añado que, en su caso particular, el cambio le sentará de miedo, porque últimamente se ha vuelto un rato gili y que ya es hora de que deje de ser joven, guapa, rica y fresca y se convierta en un gusano asqueroso, a lo que responde Gurb diciendo que no sabe qué admirar más, si mi clarividencia o lo bien que me explico.

19.50   Despegue de la nave efectuado sin dificultad a la hora prevista (983674856739 horas del astrolabio cósmico). Velocidad de despegue: 0.12 de la escala convencional (restringida). Ángulo de incidencia con respecto al perihelio, 54 grados. Duración prevista de la travesía: 784 años. Destino: ALFA CENTAURO.

19.55   Gurb y yo salimos de detrás del cartel del MOPU, un poco chamuscados por el rebufo de las turbinas. Vemos perderse la nave entre las nubes. Hemos de apresurarnos si no queremos que se nos ponga a llover antes de llegar al metro.

20.00   Gurb expresa la opinión (a mi juicio equivocada) de que soy un imbécil. Si no me hubiera gastado la última peseta en hacer regalos a todo quisque para fardar, dice, ahora podríamos llamar un taxi y ahorrarnos la caminata. Añade que él con la falda de tubo anda fatal. En el futuro, agrega, de los asuntos de dinero se ocupará él. Antes de que pueda recordarle que aunque estemos fuera de la nave (y de la ley) sigo siendo su superior jerárquico, pasa un coche por nuestro lado, Gurb hace señas y el coche se detiene. Gurb se arremanga la falda y corre hacia el coche. Sin atender mis órdenes imperiosas, sube al coche. El coche arranca.

02.00   Sin noticias de Gurb.